蓝色花诗丛

致艾尔薇拉
—— 拉马丁诗选

[法] 拉马丁 著

张秋红 译

人民文学出版社

图书在版编目(CIP)数据

致艾尔薇拉:拉马丁诗选/(法)拉马丁著;张秋红译.—北京:人民文学出版社,2017
(蓝色花诗丛)
ISBN 978-7-02-012376-6

Ⅰ.①致… Ⅱ.①拉…②张… Ⅲ.①诗集-法国-近代 Ⅳ.①I565.24

中国版本图书馆 CIP 数据核字(2017)第 027858 号

责任编辑　仝保民
特约策划　李江华
封扉设计　陶　雷
责任印刷　芃　屹

出版发行　人民文学出版社
社　　址　北京市朝内大街 166 号
邮政编码　100705
网　　址　http://www.rw-cn.com
印　　刷　北京天正元印务有限公司
经　　销　全国新华书店等
字　　数　300 千字
开　　本　710 毫米×1000 毫米　1/16
印　　张　11.75
印　　数　1—6000
版　　次　2017 年 6 月北京第 1 版
印　　次　2017 年 6 月第 1 次印刷

书　　号　978-7-02-012376-6
定　　价　48.00 元

如有印装质量问题,请与本社图书销售中心调换。电话:010-65233595

编者的话

"蓝色花"最早源于德国诗人诺瓦利斯的一部作品,被认为是浪漫主义的象征。蓝色纯净、深邃、高雅;蓝色花,是诗人倾听天籁的寄托,打磨诗艺的完美呈现。在此,我们借用上述寓意编纂"蓝色花诗丛",以表达诗歌空间的纯粹性。

这套"诗丛"不局限于浪漫主义,公认优秀的外国诗歌,不分国别、语种、流派,都在甄选之列。我们尽力选择诗人的重要作品来结集,译者亦为一流翻译家。本着优中选精、萃华撷英的原则,给读者提供更权威的版本,将阅读视野引向更高远的层次。同时,我们十分期待诗坛、学界和广大读者的建设性意见。

二〇一五年五月

目　　录

沉思集（1820）

孤独 …………………………………………… 003
人 ……………………………………………… 007
致艾尔薇拉 …………………………………… 023
暮 ……………………………………………… 027
不朽 …………………………………………… 031
幽谷 …………………………………………… 040
回忆 …………………………………………… 045
激情 …………………………………………… 050
湖 ……………………………………………… 056
光荣 …………………………………………… 061
祈祷 …………………………………………… 066
祈求 …………………………………………… 072
信仰 …………………………………………… 074

那不勒斯附近的巴亚海湾 …………………… 084

神殿 …………………………………………… 090

太阳颂 ………………………………………… 094

告别 …………………………………………… 098

拉罗什吉翁的圣周 …………………………… 103

上帝 …………………………………………… 107

秋 ……………………………………………… 117

新沉思集（1823）

上帝的意旨 …………………………………… 123

波拿巴 ………………………………………… 129

蝴蝶 …………………………………………… 141

悲哀 …………………………………………… 142

清静 …………………………………………… 145

伊斯基亚岛 …………………………………… 152

杏枝 …………………………………………… 159

致艾尔＊＊＊ ………………………………… 161

哀歌 …………………………………………… 164

咏怀 …………………………………………… 167

自由，或罗马一夜 …………………………… 170

向大海告别 …………………………………… 178

带耶稣像的十字架	184
幻象	191
爱情之歌	195
向诗歌告别	210

诗与宗教和谐集 (1830)

圣殿的明灯或献给上帝的灵魂	219
初醒儿之歌	224
泪,或安慰	229
对死者的沉思	233
西方	246
林间的清泉	249
米利,或故土	259
退隐	276
悲哀	283

冥想集 (1839)

阳光赞歌	289
致一位向我要头发的少女	300
致维里厄伯爵先生	302
题卢梭在幽静乡间的故居	310

致影集中一朵干枯的花	312
费拉拉	314
致一个孩子，诗人的女儿	316
花	318
长春花	321
向格拉齐拉告别	323
向伊斯基亚岛致敬	325
咏雪下的玫瑰花	327

《文学通俗教程》所收诗篇（1856—1866）

| 葡萄园和家 | 331 |
| 夜莺 | 351 |

遗诗集（1873）

歌	357
我又拿起你，啊，忠诚的竖琴	359
热爱荣誉	361
请想起我	362
啊，我的灵魂	364

沉思集

1820

我们就从朱庇特开始吧!①

——维吉尔

---

① 此系维吉尔《牧歌集》第三首诗第六十行的开头。朱庇特系罗马神话中的主神。——原编者注

孤　独*

当夕阳西下的时候,我常常满怀着忧伤,
坐在高山上那棵老橡树的浓荫下;
我漫不经心地向原野极目远眺,放眼四望,
只见从我的脚下展现出变幻无常的图画。

这里,波涛汹涌而泛起浪花的大河发出低沉的呼喊,
弯弯曲曲地伸向前方,在迷茫的远处隐去影踪;
那里,平静的湖铺开酣然入梦的微澜,
黄昏的星辰从水中爬向碧空。

那郁郁葱葱的树林所覆盖的群山顶上,

---

* 此诗作于一八一八年八月,即诗人的情人朱丽·查理病逝数月后。——原编者注

暮色依然投下最后一缕光线,
拉着轻纱的月亮这黑暗中的女王
冉冉升起,已经染白了天际的边缘。

这时,从哥特式教堂那尖尖的顶端,
一阵庄严的乐声向长空飞扬,
旅人止步不前,田野的晚钟把白天
最后的余音融入神圣的合唱。

但面对眼前一幅幅美妙的图画,我这无动于衷的心
竟然既不觉得入迷,也不感到激奋,
我出神地俯瞰着大地,犹如四处漂泊的幽灵:
活人的太阳再也晒不热死去的人们。

从南到北,从日出处到日落处,从一个山冈
到又一个山冈,我的目光空白搜索
我环顾这苍茫大地的四面八方,
不禁叹息:到处都没有幸福在等待我。

这片幽谷,这群宫殿,这丛茅屋,对我有什么意义?
啊,魅力在我心目中早已荡然无存的空幻的风光;

啊,河流,悬岩,森林,如此珍贵的遗世独立之地,
你们仅仅少了一个人,整个世界就显得满目凄凉。

无论环行的太阳开始踏上旅程还是告终,
当它运动时我都向它投以冷漠的目光;
在它不是西沉就是东升的忽明忽暗的天空中,
太阳与我有什么关系?我对岁月可什么也不再指望。

纵然能跟着它进行无止境的遨游,
我的眼睛也只会看见到处都是荒漠与虚无;
对它所照耀的万物,我一无所求,
对这无限的宇宙,我一无所图。

然而越过它的轨道的界限,
啊,自有真正的太阳照亮又一片天空的乐土,
一旦我把自己的躯壳留给人间,
我的眼前也许就会出现我梦寐以求的幸福!
在那里,我也许就会陶醉于我所渴望的清泉,
在那里,我也许就会再度获得希望与爱情,再度
获得那引得每一个灵魂都在企盼
并且没有寄居尘寰时的虚名的美满的幸福!

既然我不能驾起曙光向你飞驰,
啊,我所憧憬的朦胧的天堂,
我为什么还要滞留于尘世?
这尘世与我之间实在没有什么共同的地方。

当林间的黄叶纷纷飘落在草地上,
晚风袭来,顿时把落叶从幽谷卷向天空;
而我,我正像这枯叶一样:
啊,你就把我像枯叶般卷走吧,狂暴的朔风!

人 *
——致拜伦勋爵

你呀,这世界还不知道你的真名字,
啊,你这神秘的精灵,尘世的凡人,魔鬼,或天使,
不管你是杰出的天才还是注定倒霉的天才,啊,拜伦,
我都热爱你的绝唱那不同凡响的和声,
就像我喜欢暴风雨中和激流的呐喊
交织在一起的风声与雷声一般!
黑夜是你的住所,恐怖是你的产业:
雄鹰,荒漠之王,就这样在藐视原野;
它像你一样,需要的只是任雷电
打击、由寒冬披上银装的陡峭的悬岩,

---

* 此诗作于一八一九年九至十月间。诗稿原有三百五十行,发表时删去六十四行。——原编者注

只是布满遇难船只残片的沿海地带,
只是因屠杀中的遗骸而显得一片黑暗的村寨;
那唱出内心痛苦的鸟
在湖畔花丛中筑起自己的巢,
雄鹰却从圣山[①]可怕的顶峰上越过,
把自己俯瞰着深渊的巢挂向高山的陡坡,
独立在那里,周围是抽动着的肢体
与不停地往下淌着暗红色鲜血的峭壁,
从猎物的叫喊声中感到陶醉,
从风暴中获得安慰,在欢乐中酣然入睡。

而你呀,拜伦,你正像这空中的草头王,
绝望的呼号成了你最美妙的绝唱。
人成了你的牺牲品,你的拿手好戏是表现痛苦的场面。
你的眼睛像撒旦一样估量过深渊,
你坠入深渊的灵魂远离了阳光
与上帝,已经永远地抛弃了希望!

---

① 圣山,在希腊北部哈尔基季基半岛东端圣山海岬的南端,高耸入云,终年积雪。

就像雄鹰一样,如今,你不可战胜的天才
在黑暗中称雄,凭借挽歌大放异彩;
这雄鹰高唱凯歌,你的歌喉以动人心弦的音色
向阴郁的痛苦之神唱起光荣的赞歌。
可是同命运做斗争有什么用处?
反抗命运的理性又能有什么用途?
这理性像眼睛一样只有一个狭窄的视野。
请你别把目光也别把理性投向更远的世界:
脱离那视野,一切都避开我们,变得模糊,失去光辉;
在这有限的范围内上帝已经为你规定了你的地位。
怎么样?为什么?谁知道?上帝让人间
与世界从他强有力的手中出现,
就像他把尘土撒在我们的田野中
或者让光明与黑暗笼罩天空;
这他知道,也就够了:宇宙为他所有,
而我们手里掌握的仅仅是今天的白昼!

我们的罪孽在于我们是人,在于我们的求知欲:
一窍不通,唯命是从,这才是我们生存的戒律。
拜伦啊,下面这句话就说重了:我久已对此感到困惑;
但为什么会在这个真理面前退缩?

因为你在上帝面前的本分就是做他的创造物!
就是领会并热爱你神圣的奴隶的义务;
在无限的宇宙中,你是颗烈性而力量单薄的微粒,
你的本分就是把你自由的愿望和他的意图结合在
　一起,
听任他的智慧来塑造你的形象,
仅仅凭你的存在去将他颂扬!
这就是,这就是你的命运。啊!千万别将他非难,
你不如去亲吻你总想打碎的锁链;
你不如走下你的大胆所侵占的众神的席位;
只要安守本分,一切就都显得出色、恰当而高贵;
在创造了这无限的宇宙的上帝眼中,
昆虫抵得上一个世界:它们的价值相同!

但你居然说,这条法则引得你的正义之神怒火中烧;
在你看来,它只不过是一种无法理解的心血来潮,
一个害得理智每时每刻都会失足的陷阱。
我们就公开宣布这条法则吧,拜伦,别去妄加品评!
像你一样,我清醒的头脑也笼罩着黑暗,
要向你解释这个世界,在我也只能望洋兴叹。
且由创造了它的上帝把这个世界向你解释清楚!

我越是对这个深渊寻根究底,唉!我就越是糊涂。
这世间,悲哀紧连着悲哀,
日月循踪而至,苦难接踵而来。
受到本性的局限,又受到欲望的放任,
人是一个已被贬出天堂可还记得那儿的神;
也许他虽未继承古代的光荣,
可还把自己失去的好运记在心中,
也许他那无限深沉的心愿
为他远远地预示他光辉的明天;
人啊,有缺点也罢,堕落也罢,都是这个重要的谜。
他来到世上,被囚禁在七情六欲的监狱里,
作为奴隶,他感到一颗心生来就向往自由;
作为不幸者,他对幸福梦寐以求;
他想探测世界,可他的眼睛却无能为力;
他想永远爱下去,可他所爱的事物却不堪一击!
任何人都和伊甸园的那个放逐者相似:
当上帝把他赶出天堂的花园时,
他用眼估量那必然会带来不幸的界线,
流着泪坐在禁止入内的大门前。
他远远听见,从美妙绝伦的居住地
传来永恒的爱情那悦耳的叹息,

传来幸福的曲调,传来在上帝的怀抱中
赞美他的功勋的那些天使的一片神圣的歌颂;
经过一番艰苦的努力摆脱了天堂,
他那带有恐惧的目光落到自己的命运上。

啊,从人生这流放地的深处听见
自己所羡慕的世界那一片歌声的人真是命途多舛!
一旦尝过理想的美酒,
本性就对现实倒了胃口:
在梦想中的可能的怀抱里本性向前奔驰;
现实狭小有限,可能却无边无际;
灵魂凭借愿望在可能的范围内筑起自己的栖身之地,
在这里,人永远地汲取爱情与知识;
在这里,渴望不已的人在光明
与美的海洋中不停地痛饮;
沉睡中陶醉在如此美妙的梦幻里,
醒来时他再也不认识自己。

唉!这就是你的命运,这就是我的命运。
我像你一样把这杯令人烦恼的苦酒喝得一点不剩;
我的眼睛像你的眼睛一样睁开了却什么也看不见;

我白白地寻求过这个世界的格言。
我曾向整个大自然询问它的起因,
我曾向每一个人询问它的止境;
我的目光曾投入这无底深渊;
从微粒到太阳,我曾一一察看;
我曾走在时间的前面,我曾追溯流年。
时而远渡重洋去聆听哲人的箴言,
但这骄傲的世界却是一部难懂的书!
时而,为了猜测这死气沉沉的尘俗,
伴着我的灵魂逃到大自然的怀抱里,
我又以为从那晦涩的语言中发现了一种意义。
天体运行的规律,我也研究过:
牛顿曾把我的目光引向宇宙那光辉灿烂的荒漠,
我也思考过那些被摧毁的帝国的灰烬;
罗马曾看见我进入它那神圣的皇陵,
打扰了最神圣的亡灵那冷清清的睡乡;
我曾用双手掂过那些英雄的骨灰的分量。
我居然去向他们失去意义的骨灰再度要求
每一个人都巴望的那种不朽!
我在说什么呀?悬在垂死的人们的床上,
我的目光竟从奄奄一息的眼睛里寻求那万古流芳;

在那因永不消失的阴影而昏暗的顶峰,
在那被永无休止的暴风雨所划破的波涛中,
我大声疾呼,我对抗自然力的碰撞。
和那心潮澎湃的女预言家相像,
我总相信大自然在那些不同寻常的景色里
为我们暗示出上帝的某种意志;
我总喜欢沉溺于那阴郁的恐怖。
但只是枉然,无论大自然平静还是狂怒,
我都白白地寻求我怎么也发现不了的那个伟大的
　奥秘,
我到处都看见我从来也不曾了解的一个上帝!
我看见善与恶没有选择也没有计划,
好像双双逃出他的怀抱,盲目地落下;
我的眼睛从宇宙间看到的只是一片捉摸不定的事物,
我亵渎了这个上帝,因为我总认不出他的面目;
而我面对这久旱无雨的天空喊得喉咙都破了的声音
甚至没有遇到过阻止命运的荣幸。
可是,有一天,陷入我本身不幸的泥潭,
我发出令人腻烦的怨言,害得苍天厌倦,
从上帝那儿来的一道光照入我的内心深处,
　力图让我赞美我诅咒过的事物,

于是,向激励着我的灵感让步,不再多费口舌,
我的竖琴迸发出理性的颂歌。

——"光荣归于你,每时每刻,永无止境,
啊,至高无上的意志,永恒的理性!
你呀,无边无际的世界认识到你的到来!
你呀,每一个早晨都表明你的存在!
你创作的灵感降临到我的身上;
你的面前出现了往日不曾有过的征象!
我在认识我自己之前听出了你的呼声,
我于是一直奔进生命的大门;
我来了!虚无在开始出现时向你敬礼;
我来了!可我是什么呢?一个有思想的微粒而已!
我俩之间的距离,谁能测定?
我呀,我在你身上显示出我转瞬即逝的生命,
不知不觉地习惯于服从你的旨意,
当我尚未出生时,你又欠我什么呢,上帝?
前面空空如也,后面空空如也;光荣属于这最后的
　归宿;
谁献出了自己的一切,谁就对自己的一切负有义务!
伟大的造物主啊,请享受你亲手所创的作品;

我这就执行你至高无上的命令,
吩咐吧,命令吧,行动吧;为了你的光荣,
请指点我在时空中何去何从;
我的生命,不再向你问这问那,也不再心怀怨怼,
将自己默默地飞奔而来,走上自己的岗位。
好像那些金光闪闪的星球在空际的田野上
一往情深地追随着你这领导着它们的影子一样,
不是沉浸在光明中,就是隐没在黑暗里,
我将如同它们一般向着你所指引的方向前进不已;
也许我被你挑选出来,是为了去将那些星球照亮,
向它们反射出你将我周身照彻的光芒,
四周围绕着光辉灿烂的奴隶,我飞奔向前,
一步就越过天宇的整个深渊;
也许你将我抛弃到远离你的视野的去处,
使我这默默无闻的无名小卒
仅仅沦为虚无边上一个微不足道的废物
或被风卷走的一粒尘土,
但我的命运既然是你的产物,我就以它为荣,
我将勇往直前,在每一个地方都向你表示同样的
　　尊崇,
并以同样的爱去履行我的天职,

直到死亡的边缘上依然喃喃低语:光荣归于你!

——"别这么自负,也别这么自卑!作为人世
普通的孩子,我的命运是个问题,我的结局是个谜;
上帝啊,我正和夜间的地球相像,
在这由你的手指引导着它的昏沉的道路上,
它一面反射出永恒的光焰,
另一面却又陷入极度的黑暗。
人类就是这注定倒霉的焦点:无限远的两极
被至高无上的权力合而为一。
我要是处于另一种社会等级,也许不这么背运,
那早就是……但实际上命中注定我是现在这样的人;
虽然看不见,我却崇拜你这无与伦比的理智,
光荣归于创造了我的你!你做的一切都合情合理!

——"然而,我委实不堪枷锁的重负,
厄运把我从虚无拖向坟墓;
黑暗中我走在一条坎坷不平的道路上,
不知道我从哪里来,不清楚我走向何方,
我徒然地呼唤我流逝了的锦瑟年华,
犹如呼唤搅浑了的源头那激流的浪花。

光荣归于你！我一生下来，不幸就把我选出；
你的右手把我像个活生生的玩偶似的抓住；
我在哭泣中吞下我苦难的面包，
你让我喝下你愤怒的波涛。
光荣归于你！我大声疾呼，你却一声不响；
我于是向世界投出局促不安的目光。
我从天空中寻求你正义的光明；
这光明出现了，啊，上帝，但只害得我受尽苦刑！
光荣归于你！清白无辜在你眼里就是犯有罪过：
天底下至少有一个人一直属于我；
正是你早已使我们的岁月难解难分，
他的生命就是我的生命，他的灵魂就是我的灵魂；
犹如从小树枝上摘下还没有熟的果子，
我竟看见他过早地与我的怀抱分离！
你总想使它对我变得更加可怕的这一击
慢慢地击向我们的纽带，害得我格外心痛不已；
从他这奄奄一息时的面容中，我看出自己的命运，
我看见爱情与死神在一起斗争；
我从他的眼神中看见生命的火花
逐渐昏睡在死神的手掌下，
却依然因爱情的气息而苏醒！

我每天都不禁喊出声来：啊，太阳！又一个黎明！
好像那罪人陷入一片黑暗，
活生生地堕入阴森的深渊，
落在本该照耀着他的最后的火炬旁，
俯向他的明灯却眼看着灯光消失一样，
我总想留住这正在消逝的灵魂；
从它最后的眼神里我依然将它找寻！
啊，我的上帝！这叹息从你的心中发了出来；
我的希望随着他消失在世界之外！
请原谅我在绝望中对神明一时的亵渎，
我竟敢……我真后悔：光荣归于至高无上的天主！
他创造了江河为的是奔流，创造了朔风为的是劲舞，
创造了太阳为的是燃烧，创造了人类为的是受苦！

——"我曾经多么忠实地遵循我生存的这个法则！
没有知觉的大自然总是盲目地俯首帖耳；
只有我由于发现你处在必不可少的需要中
而心甘情愿地牺牲我自己的初衷，
只有我理智地服从你；
只有我对这种服从感到得意；
我以在任何时候，在任何地方都遵从

大自然的规律,执行我上帝的命令而感到其乐无穷;
我从我的命运中崇拜你无与伦比的明智,
我甚至从我的痛苦中热爱你的意志,
光荣归于你!光荣归于你!打击吧,且让我力尽筋疲!
你只会听见一个呼声:光荣永远归于你!"

我的呼声就这样直上天顶:
我颂扬了苍天,苍天做了其余的事情。

安静下来吧,我的竖琴!
拜伦啊,你双手捧起易动感情的人们这突突直跳的心,
来吧,请从这心中把和声的激流引出来:
正是为了真理,上帝才创造了天才。
啊,向苍天发出呼声吧,颂扬地狱的诗人!
连苍天也会羡慕你献给受苦的人们的歌声!
也许迎着你的大声疾呼,
熊熊火焰的一道光芒会照入你灵魂的阴暗处?
也许你因神圣的激情而热血沸腾的心
会随着你本身的和弦而自己获得平静?

也许从天上来的一道闪电穿过你深沉的黑暗,
你会把照彻你心头的光辉洒向我们的心坎?

啊!如果有一天你的诗琴因你的眼泪而变得软弱,
在你的手指下如怨如诉地吟咏你痛苦的赞歌,
或者如果你像个被贬谪的天使一样,
从永恒黑暗的深处抖起你的翅膀,
引人注目地向光明动了一动,
而你却依然坐在神圣的和声中,
那么,天穹的共鸣,
上帝亲自谛听的那金色竖琴的琴音,
天使般的人们那富于旋律性的歌声,
就永远也不会以更神奇的和弦使天国听得出神!
勇敢些吧!被逐出神圣家族的孩子!
你脸上留有你高贵血统的痕迹!
天国的光辉被一时遮住的那道光彩,
任何人一看见你就可以从你的眼睛里认出来!
啊,不朽歌声之王,请认识你自己!
请把对神明的亵渎与怀疑留给黑夜的后裔;
请鄙视他人献给你的如此廉价的虚伪的捧场,
荣誉不会出现在没有道德的地方。

来吧,请在光明与荣誉的那些纯洁的儿女中间
恢复你的地位,发出你最初的光焰!
上帝本来就希望凭借杰出的灵感赋予它们以生命,
上帝创造它们正是为了歌颂,为了信任,为了钟情!

致艾尔薇拉*

是的,阿尼奥河①依然
向蒂沃利②的悬岩悄悄地赞叹肯提娅③这美妙的
　名字
沃克吕兹④已把劳拉⑤这亲爱的名字记在心间,

---

* 这首诗可能早在一八一四年夏天就动笔了。它是献给那不勒斯姑娘艾尔薇拉的,这位少女后来易名为格拉齐拉。——原编者注
① 阿尼奥河,现名阿涅内河,位于意大利中部,经蒂沃利,由罗马之北流入台伯河。
② 蒂沃利,意大利拉齐奥大区城镇和主教区,在罗马共和国末期和古罗马帝国初期曾为繁荣的避暑胜地。
③ 古罗马诗人普罗佩提乌斯(约前50—前15),曾于其哀歌第一卷中记述他同能歌善舞、才貌双全的女子肯提娅的爱情。
④ 沃克吕兹,法国普罗旺斯-阿尔卑斯-科特达祖尔大区省份,其地有彼特拉克博物馆,据云原系诗人旧居。
⑤ 意大利诗人彼特拉克(1304—1374)曾于其最优秀的作品《歌集》中抒发他对少女劳拉的爱恋。

　　　　费拉拉[1]将会向未来的世纪

轻轻地呼唤艾莱奥诺拉[2]的名字,永远不断!

啊,诗人所热恋的美人真是洪福齐天!

　　诗人歌颂过的芳名真是福运长久!

　　　　你呀,诗人的崇拜无形中给你戴上了桂冠,

你的确可以死而无憾了! 在百年之后

诗人把永恒的生命留给了自己心爱的姑娘,

　于是这对情侣驾着天才的翅膀

　一跃而起,比翼飞向不朽!

啊! 那会怎么样呢,假如多亏更温和的风,

我这被风暴打翻的不堪一击的小船竟能向港口航行?

假如更艳丽的太阳升起在我的上空?

假如一位女友的眼泪赢得命运之神的同情,

从我的头上驱开死亡的阴影?

也许? ……是的,请原谅,啊,竖琴的主人!

一个坠入爱河的男子还有什么不敢作敢为?

---

[1] 费拉拉,意大利北部城市,艾米利亚-罗马涅区费拉拉省省会。十世纪成为独立社区,曾是强大的公国和文化中心。
[2] 意大利诗人,史诗《被解放的耶路撒冷》的作者塔索(1544—1595),从一五六五年起在费拉拉城邦担任埃斯特家族的宫廷诗人,曾因对艾莱奥诺拉·德·埃斯特的不幸的爱情而焦虑,以至于神思恍惚。

也许我会敢于让我的大胆与激励着我的爱情相等,
迎着争先恐后地赞美我的狂热的歌声,
也留下一座我们爱情的纪念碑!
因此,旅人趁着短暂的逗留
躲在小山谷中休息片刻之际,
总喜欢在还没有离去的时候
往那让他领略绿荫的好客的树上刻下自己的名字!

你可看见万物在自然中怎样变化或灭亡?
大地失去果实,森林失去盛装;
河流失去奔向大海广阔的怀抱的波涛;
草地因一阵寒风而黯然无光,
秋天宛如马车在岁月的斜坡上
已在冬季之手的推动下向前飞跑!
犹如一位巨人舞起从不离身的利剑,
盲目地击中一切种类的生命,
不知疲倦地飘然而去的死神与时间
在飞逝中使这变幻不定的世界面目一新!
时间所收获的一切坠入永远忘却的深渊;
这样一个转瞬即逝的夏天眼看着自己的花冠落在
  拾穗者的篮里!

这样一片发黄的葡萄蔓眼看着丰产的秋天
向摘葡萄者的马车上献出自己金黄色的果实!
啊,匆匆一现的人生之花,你也会这样化为虚无!
啊,青春、爱情、欢乐,转瞬即逝的美人!
啊,美人,连苍天都羡慕我们的过眼云烟般的礼物,
假如守护神之手不让你们芳华永驻,
  你们也会这样沉沦!

请向平淡无奇的青春投出怜悯的目光,
啊,因欢乐而陶醉的光彩照人的佳丽!
一旦喝干自己杯中迷人的玉液琼浆,
这青春会留下什么呢?几乎没有一点记忆:
等待着它的坟墓把它整个儿吞没,
它的爱情消失了,一片永无止境的沉寂接踵而来;
无数岁月将从你的尘土上一掠而过,
  啊,艾尔薇拉,但你将与时间同在!

暮[*]

暮色又带来寂静。
坐在这片冷落的悬岩上,
我遥望着月亮
在苍茫的天空中前进。

金星从天际爬上来!
这脉脉含情的星辰在我的脚下
以神秘而朦胧的光华
为如茵的草地抹上银白的色彩。

从这浓荫如盖的山毛榉

---

[*] 据法国文学史家朗松云,此诗很可能在一八一九年春末作于蒙居洛。——原编者注

我听见枝丛在微微颤抖：
我仿佛听出墓园四周
有个幽灵正飞来飞去。

突然间，从天顶
射来一道月光，
趁我沉思悄悄地移到我的脸上，
轻轻地抚摸我的眼睛。

啊，火热的太阳的温柔的反映，
动人的清辉，你对我可有什么要求？
你可是要潜入我万念俱灰的心头
给我的灵魂送来光明？

你下凡可是为了向我揭示
宇宙神奇的奥秘？
揭示那隐藏在将以晨曦
把你召回的星球里的秘密？

可是一种神秘的智慧
指引你来寻找那些不幸的人？

你可是趁黑夜来照耀他们,
犹如一片希望的光辉?

你可是来为向你恳求的疲乏的心
揭开未来的面纱?
啊,神圣的光华,
你可是那不该结束的日子初露的光明?

我的心潮在你的光芒下翻腾
我感到从未有过的激奋,
我想起与世长辞的人们:
温柔的清辉啊,你可就是他们的灵魂?

也许那些幸福的亡灵
就这样在绿树成荫的地方的上空飞舞?
被他们的形象团团围住,
我觉得自己和他们更加贴近!

啊!但愿就是你们,亲爱的亡灵!
但愿你们远离人群,远离尘嚣,
就这样每个深宵

都回来投入我的梦境。

但愿你们把平静与爱情
带回到我疲乏不堪的灵魂深处,
犹如夜间的露珠
在白昼的炎热后降临。

来吧!……但天边
升起一片阴郁的薄雾:
雾气偏偏把这温柔的清辉遮住,
于是一切都归于黑暗。

不　朽*

我们时代的太阳一出现就失去光彩,
可它依然向我们精神萎靡的脸上勉强投来
几缕抵御着黑夜的摇曳不定的余晖,
阴影蔓延,白昼流逝,一切都在消失,一切都在隐退!

但愿另一轮太阳一看到这情景就打起哆嗦,忽有
　　所触,
但愿它颤抖着从悬崖边上往后退缩,
但愿它能不再激动得战栗地从远处听到
那放声痛哭死者的忧伤的歌谣,
听到在自己灵床的边缘
滞留的一个兄弟或情人压低的悲叹

---

* 此诗作于一八一七年秋,即朱丽·查理病逝数周前。——原编者注

或者那以发狂的声音向人们宣布一个不幸的人
已经与世长辞的诉苦般的钟声!

我向你致敬,啊,死神!啊,天上的救星;
我看你凭着这副令人忧郁的外形
并没有长久地引起恐怖或谬见;
你手里并没有拿起毁灭性的利剑,
你的态度并不冷酷,你的目光并不恶毒,
一位宽厚的上帝引导你去给痛苦以援助;
你不去消灭,你只去解救!你的手正高举,
啊,天堂的使者,一把神奇的火炬;
当我告别了阳光闭上困倦的眼睛,
你来向我的视野洒满更纯洁的光明;
我以信仰为支柱,在墓畔浮想联翩,
而你身旁的希望又把一个更美好的世界展现在我
　　面前!

来吧,来让我摆脱肉体的枷锁,
来吧,打开我的监狱:来吧,把你的翅膀借给我;
你还耽搁什么呢?出现吧;让我终于投入
那陌生的所在,我的起源与我的归宿!

谁解放了我？我是谁，我究竟应该做怎样的人？
我受尽折磨，不知道究竟为什么要出生。
啊，神灵，从未见面的主人，我白白地询问你，
在赋予我生命之前，你住在哪个天国里？
什么力量把你抛在这动荡不定的星球上？
哪一只手把你关进你这泥土砌成的牢房？
由于什么惊人的结合，由于什么神秘的关系，
这肉体和你连在一起，犹如你和这肉体紧密相依？
哪一天会使灵魂与物质分离？
你为了哪一座新的宫殿要离开这大地？
难道你什么都忘了？难道你要在坟墓那边，
在新的遗忘中再度出现？
难道你要重新开始一种同样的生活？
或者你要永远摆脱你难以忍受的枷锁，
在上帝——你的起源与天国的怀抱里
终于享受你永久的权利？

这的确就是我的希望，啊，我一半的生命！
正是凭借这希望，我更加坚定的心灵
才能毫无恐惧地从你迷人的容颜上

看见春天辉煌的色彩已经变得暗淡亮光。
正是凭借这希望,你才会看见我被箭刺穿,心痛如绞,
却依然朝气蓬勃,忍受着折磨露出微笑,
当我们最终分别时,喜悦的泪水
才会迎着你最后的目光从我的眼里放出光辉。

"空想!"伊壁鸠鲁的那群信徒将发出这个喊声,
而那亲手解剖大自然的人
却从刚刚描写过的头脑的一个角落
发现精神在萎缩,物质在思索;
啊,狂人!他们会说,过分的骄傲正在欺骗你,
请环顾你的周围:一切都在开始,一切都失去威力,
一切都走向结束,一切都为了灭亡而获得生命。
从这发黄的草地上你看见花朵正在凋零;
从这片森林里你看见昂起高傲的头颅的雪松
因岁月的重压而倒下,匍匐在草丛中;
你看见大海枯竭了,露出干涸的河床;
甚至连天空都开始变得暗淡无光;
太阳这被时间遮住起点的恒星
像我们一样正走向自己的绝境,
发狂的人们有朝一日将从荒凉的天空

寻找它,却再也见不到它的影踪!
你从你四周,从整个自然界
看见岁月积下一片又一片尘埃;
光阴一下子就打掉你的骄气,
把它的所有产物都置于死地。
只有人,啊,崇高而狂热的爱情!
只有人才相信从坟墓深处能重新获得生命,
即使在旋风中被卷向乌有,
被流年压倒,也依然渴望不朽!

让另一个人来回答你们吧,世间的时贤!
把我的错误留给我吧:我爱,我应该保持我的信念;
我们脆弱的理智正变得局促不安,心乱如麻。
是的,理智沉默了:但天性却给你们以回答。
至于我,一旦我看见繁星
在天空的原野上偏离了确定的途径,
在上苍的比武场上互相撞来撞去,
盲目地跑遍充满了恐惧的玉宇;
一旦我听见这世界在破裂与呻吟;
一旦我看见它这地球独自飘零,
远离太阳而游荡,为归于毁灭的人类而痛惜,

终于消失在永久的黑夜的田野里;
一旦我成了这种种令人悲痛欲绝的景象最后的见证,
周围一片混乱,一团漆黑,死气沉沉,
只有我活了下来:也许只有我不顾自己的恐惧心理,
超尘拔俗,立于不败之地,依然对你坚信不疑,
只有我确信永久的曙光一定会回来,
在这被破坏的世界上依然将你等待!

你常常想起,在这让我们不朽的爱情从眼神里
产生的幸福的逗留地,
时而在这古老的悬岩的顶点,
时而在荒无人烟而凄凉的湖边,
展开憧憬的翅膀,远离尘寰,
我与你双双扑向这片黑暗。
阴影犹如长长的帷幕从高山上降临,
顷刻间就从我们的眼前挡住原野的远景:
但夜间一片神秘的繁星
不久就无声无息地悄然前行,
给天地间披上柔和的微光,
让我们又依稀看见朦胧的图像;
犹如在我们被阳光照亮的圣殿,

当黄昏的余晖逐渐变得暗淡，
那明灯放射出虔诚的光芒，
把格外恭敬的光辉洒满殿堂。

那时你把我的目光带回到你的陶醉中，
从天空俯瞰大地，又从大地仰望天空；
你说，上帝藏起来了，大自然就是你的殿堂！
当我们放眼环顾大自然，灵魂看见你在每一个地方；
灵魂尽力想象你的完美无缺，
你尽善尽美的反映、写照与镜子就是这个世界；
你的眼神就是光明，你的微笑就是美丽；
到处心都热爱你，灵魂都发出你的气息；
你永存，你无限，你至善，你万能，
这些简直无所不包的属性结束不了你的名声；
灵魂叹服于你崇高的本质，
直到沉默时对你的伟大依然赞美不止。
可是，上帝啊！这衰弱的灵魂
出于自己高尚的戒律依然向你飞奔，
由于感到爱情就是他生命的目的
而急于爱，渴望认识你。

你总是说：我们的心使它们对我们的希冀
所表明的这陌生的上帝的叹息汇集在一起，
向他的产物倾注对他的爱，对他崇拜得五体投地，
曙光与暮色向他表示我们的敬意，
我们被陶醉的眼睛依次凝望
我们的流放地——大地，注视他的逗留地——上苍。

啊！在这转瞬即逝的灵魂向前冲刺，
想打破那禁锢着它的胸脯的时刻里，
但愿这上帝从天顶回答我们的希望，
以一支解放之箭射中我俩的思想！
我们的灵魂也许一跃就追回自己的源头，
双双越过运行中的一个个星球；
穿过无限，展开爱情的翅膀，
我们的灵魂也许扶摇直上，好像一道阳光，
欣喜若狂地一直飞到上帝跟前，
在他的怀抱里成为永久的侣伴！
难道这些心愿欺骗了我们？
难道注定归于虚无的生命偏偏为了归于虚无而诞生？
难道由于分担藏有灵魂的肉体的命运，
灵魂才在坟墓的长夜中被虎咽狼吞？

难道灵魂已沦为尘土?或者像飘然而去的声音
就要远走高飞,消失踪影?
难道在无谓的叹息以后,在向所有爱你的人
最后告别以后,如今就再也没有谁对你一往情深?
啊!这异乎寻常的秘密,只求你问问你的心窝!
请看我这爱你的人正受尽折磨,艾尔薇拉,请回答我!

幽　谷[*]

我这对一切甚至对希望都已厌倦的心
再也不会凭着自己的意愿去打扰命运；
啊，我儿时的幽谷，只求你把幽静的环境
借给我消磨一天，让我等待死神。

这正是幽暗的山谷那狭窄的小径：
这山丘的斜坡上绵延着茂密的树丛，
向我的脸上投下交错纷杂的阴影，
把我整个儿笼罩在一片寂静与安宁之中。

这里，两条藏在绿丛下的清溪

---

[*] 拉马丁于一八一九年夏在多菲内的大朗他的友人埃蒙·德·维里厄家起草，同年秋完成此诗。——原编者注

在蜿蜒曲折中勾出幽谷的轮廓；
它们让潺潺的水声伴随着涟漪，
在离源泉不远处顿然消失，归于隐没。

我生命的源泉也像溪流一样隐去踪影，
它已经悄然流逝，杳如黄鹤，暗自躲藏；
但溪流的波浪清澈见底，而我纷乱的心情
却怎么也反映不出韶华的光芒。

这溪滩的凉爽，这掩蔽着溪滩的浓荫，
引得我终日流连在溪流的岸旁；
像个听着一支毫无变化的摇篮曲的幼婴，
我的灵魂竟在溪水的潺潺声中坠入梦乡。

啊！我就爱在这里驻足，独处于大自然的怀抱，
为一片围墙般的青葱翠绿的叶丛
与足以供我游目骋怀的有限的视野所环绕，
只听到淙淙水声，只望见浩浩长空。

我这辈子已太多地经历，太多地感受，太多地眷恋，

因而虽一息尚存却来寻求勒忒河[1]的静穆；
啊，秀丽的地方，你对我就如那忘河的两岸：
从今以后只有遗忘才是我至高无上的幸福。

我的心终于平静，我的灵魂终于沉默！
尘世那遥远的喧闹声纵然传来也失去踪影，
犹如随风飘向耳边但已听不清楚，
因路遥而变得微弱的远方的声音。

从这里我发现生命正穿过云翳，
在往日的阴影中消亡；
只有爱情独存：宛如从一场朦胧的梦里
醒来时发现的唯一崇高的形象。

你就在这最后的归宿停下吧，我的灵魂，
好像一位趁还没有踏进城门
先坐下来，满怀着希望吸一会儿黄昏
那幽香四溢的空气的旅人。

---

[1] 勒忒河，系希腊神话中冥界的忘河，亡灵饮其水，往事尽忘。

让我们像他一样抖掉脚上的尘土；
人永远也不会再度经过这条路径；
让我们在不久于人世时像他一样表现出
这预示着永远安宁的镇静。

你的岁月正如山坡上的阴影
渐趋衰微，又如秋日一般萧索而短促；
你失去了友情，又得不到怜悯！
你孤独地沿着小路走向坟墓。

但大自然却在这里将你吸引，将你爱恋；
请投入它这永远向你敞开的怀抱；
当一切都对你一反常态，大自然却一仍旧贯，
同一轮太阳依然从你的岁月中升向碧霄。

大自然依然以阳光与绿荫笼罩你的周身；
请让你的爱情和你所失去的化为泡影的幸福决裂；
请热爱这里曾引得毕达哥拉斯[①]一往情深的回声，
请和他一起侧耳细听这美妙绝伦的仙乐。

---

① 毕达哥拉斯（约前580—约前500），古希腊数学家与哲学家。

请追随空中的阳光,请追随地上的绿荫,
请伴着朔风飞向一望无际的天幕,
请伴着神秘的星辰那柔和的光明
穿过树林潜入幽谷的阴暗处。

为了设计这幽谷,上帝运用了智慧;
请最终在大自然的怀抱里发现它的创始人!
心神恬然时总有个声音在灵魂深处萦回,
又有谁未曾从自己的心坎里听见这个呼声?

回 忆*

一天又一天白白地接踵而至,
岁月悄然流逝,不留影踪;
啊,爱情最后的梦,
什么也不能使你从我的心头消失!

我看见我飞逝的年华
在我的背后渐渐堆叠,
犹如橡树看见自己的枯叶
在周围纷纷落下。

我的头已因流年而两鬓苍苍;
我这仿佛凝住的血几乎不再流动,

---

* 此诗可能在一八一九年五六月间作于蒙居洛。——原编者注

好像因一阵阵凛冽的狂风
而冻结的那股波浪。

但你那年轻而又光彩照人的容颜
因悔恨的来到而显得格外美妙,
在我的心目中决不会衰老:
正如灵魂一样,你的形象永葆华年。

不,你并没有离开我的眼睛;
当我寂寞的目光
停止从尘世将你凝望,
我忽然从天国中发现你的踪影。

那里,你在我看来依然
像你和晨曦一起
向你天国中的居住地
飞去的那最后的一天。

你贞洁而动人的美
甚至追随你上了天堂,
你的眼睛这生命之火一度熄灭的地方

又放射出不朽的光辉!

和风那多情的气息
又轻轻撩起你长长的卷发;
卷发那起伏的波浪又从你胸口垂下,
好似乌黑的辫子。

那朦胧的面纱的阴影
又使你的容颜显得春光融融,
宛如从早晨最后的纱幕中
挣脱出来的黎明。

太阳那美妙绝伦的光芒
和白昼一起来了又去,往返不绝;
但我的爱情却没有黑夜,
你永远照耀在我的心坎上。

透过荒漠,透过云影,
我看见你的笑貌,我听见你的呼唤;
涟漪反映出你的容颜;
和风向我传来你的声音。

当世界坠入梦境,
我若听见风在长吁短叹,
就以为听见你在我的耳边
悄悄地倾诉神圣的衷情。

我若赞美那撒满
夜幕的四散的繁星,
就以为透过每一颗最令我赏心
悦目的星星都看见你的容颜。

假如和风的气息
以百花的芬芳使我陶醉,
透过百花那最温馨的芳菲
我所吸的正是你的香气。

当我悲伤而又孤独,
走近令人欣慰的祭台
把我的请求悄悄地提出来,
正是你的手擦干我的泪珠。

当我入睡时,你在黑暗中熬夜;
你的翅膀靠在我的身上;
我所有像一个幽灵的目光
那样脉脉含情的梦幻都来自你的慰藉。

当我安眠时,假如你的手解开
我岁月的丝缕,
啊,天堂中我心心相印的伴侣,
我就会在你的怀抱中醒来!

犹如晨曦的两道霞光,
犹如交织在一起的两曲悲歌,
我们这两个灵魂组成的只是一个
灵魂,我的爱依然一如既往!

激　情*

当无与伦比的雄鹰
将伽倪墨得斯①劫至天国的时候,
那孩子就这样满怀对大地的深情,
和诸神的猛禽进行着搏斗;
但雄鹰以敏捷的双爪紧紧抓住
他那畏畏缩缩的胁部,
从慈爱的田野上夺走了他;
雄鹰对哀求着它的呼声置之不理,
任凭那孩子颤抖不已,

---

* 一八一九年三月十六日,拉马丁给维里厄寄去此诗的前四节,后来又以一八一七年秋所作的《法兰西人颂》的前二节代替了这个开头;其余部分完成于一八一九年七月。——原编者注
① 伽倪墨得斯,希腊神话中达耳达诺斯王特罗斯与卡利罗厄之子,年少貌美;宙斯化为一只老鹰从伊达山上衔去,留赠神马一对以安慰其父。

将他一直抛到诸神脚下。

当你在我的灵魂深处消融,
啊,激情,扬扬得意的雄鹰,
在你火焰的翅膀的扑击声中
我就这样因神圣的恐怖而战战兢兢;
我在你的摆布下挣扎,
我逃之夭夭,我怕
你的影响会使一颗气息奄奄的心感到颓丧,
好像一片为雷电
所燃起的不再熄灭的烧尽柴堆、神殿
与祭台的烈火一样。

但感觉的本能
白白地反对思想的腾飞;
在极度崇拜的对象下,我这透不过气来的灵魂
跳了起来,冲上前去,拍打着我的心扉。
雷电在我的血管中循环:
被燃烧着我的烈火所震撼,
我与这烈火做斗争,激怒这烈火,
我才华的岩浆

化作和声的急流汹涌而上，
在奔突中烧毁了我。

请注视你的牺牲品，啊，缪斯！
这再不是那获得灵感的面庞，
这再不是那昔日
放射出神圣的光芒的崇高的凝望；
在你不可抗拒的影响下，
我的锦瑟年华
几乎寻不到残存的生命。
我这因苍白而难以辨认的容颜
只剩下打击了我的雷电
所遗留的脚印。

啊，无动于衷的诗人多么快乐！
泪水并没有浸透他的诗琴，
那悲剧性的狂热
也不属于他温文尔雅的激情。
从他丰产而纯洁的血管深处
有分寸而又有节奏地流出
源源不断的乳汁与蜜液；

那胆怯的伊卡罗斯[1]

为品达[2]的翅膀所抛弃,

永远也不从天上落下地来。

但我们,为了照亮世间的心窝,

必须燃烧,必须从嫉妒的天国夺回

三团圣火。

为了描绘一切,对一切都得去体会。

啊,熊熊燃烧、大放光明的策源地,

我们的心灵应该凝聚起

整个大自然的亮光;

而有人居然对我们的生活恶语相加!

但我们这使人眼红的火把

毕竟在激情的火焰下大放光芒。

不,温和的心怀

从来也没有出现过这种奇的热情的奔放,

也没有产生过这使世界

---

[1] 伊卡罗斯,希腊神话中能工巧匠代达洛斯之子,与父同被克里特国王弥诺斯囚于迷宫;其父以蜂蜡与羽毛制成双翼,遂随父遁去;飞行中因不慎过于接近太阳,肩上蜂蜡熔化,乃坠海而亡。
[2] 品达(前518—约前438),古希腊抒情诗人。

服从我们的歌声的令人喜悦的动荡。

不,不,当荷马笔下的阿波罗为了向尘寰

射出一支支箭,

走下厄律克斯①山峰,

向地狱的河岸飞驰,

他将那必然带来不幸的武器

浸入斯梯克斯②沸腾的流水中加工一番。

请从那令卑怯的激情

感到愤慨的庄严的顶峰走下来!

正是仅仅由崇高的诗兴

引出这绝妙的和谐。

诗人的心肠

正和在门农③的坟墓上

叹息的大理石雕像相像;

为了赋予这雕像以歌喉与生命,

---

① 厄律克斯,西西里岛山名。
② 斯梯克斯,希腊神话中流经阿耳卡狄亚的河流之一,发源于阿耳沃尼俄斯山,飞流直下,传说中的九条冥河之一。
③ 门农,荷马之后希腊神话中的特洛伊战争的英雄,提托诺斯与厄俄斯之子,厄提俄皮亚人之王。

白昼的眼睛
必须从纯洁的火焰中向它射出一片光芒。

你居然希望我残存的灵魂
由于再度唤醒沉睡在灰烬下的火种
而随着隐没在空中的歌声
突然失去影踪!
荣誉正是一个幽灵的梦;
它过多地减去本该因光荣
而陶醉的岁月的数目。
你却希望我为荣誉而抛弃
我这生命的最后一息!
我但愿为了爱而将这一息留住。

湖 *

就这样被永远地推向新岸,
被永无归期地卷入漫漫长夜的怀抱,
难道我们在岁月的汪洋大海上从此连一天
　　也不能抛锚?

湖啊! 一年几乎还没有结束四季的循环,
可是在她本该重逢的令人珍爱的清波旁,
你看! 我竟独自前来,枯坐在你曾看见她
　　坐过的这块石头上!

---

* 一八一六年秋,拉马丁与朱丽·查理相遇于埃克斯 - 莱 - 班。一八一七年八月,朱丽因病未如约而至,拉马丁于布尔热湖滨拟出初稿,同年九月完成此诗。据诗人云,他与朱丽曾漫步于奥特孔布修道院,一年后,重游此院时灵感蓦然而至。——原编者注

你也曾这样咆哮在这深深的悬岩下，
你也曾这样让波涛拍打着岩侧化为碎片，
风也曾这样把你的浪花
  卷向她那可爱的双脚边。

有个晚上，你可记得？我们划着船，悄无声息：
从长空下，从清波上，从远方
只听见那些有节奏的打击
  你发出和谐音调的波浪的桨手的声响。

从那被神奇的魅力所征服的湖岸，世间从来没有
听见过的歌声忽然引起激动的回响；
湖波凝神谛听，我珍贵的歌喉
  倾吐出这片衷肠：

"啊，流光，请停一停你的飞逝！啊，美好的岁月，
  请停一停你的远走高飞！
我们最温馨的锦瑟年华中这转瞬即逝的喜悦，
  且让我们细细品味！

"世上有数不清的不幸者向你发出哀求，

流逝吧,请为他们而飞奔;
请把折磨着他们的忧虑和他们的岁月一起带走,
　　请忘却那幸福的人们。

"不过我只是白白地请求再拖一阵子,
　　流光径自从我身边悄然而去,飞逝而过;
我恳求今夜:'慢些走吧';但晨曦
　　却赶来要把这良夜吞没。

"那我们就爱吧,爱吧!这稍纵即逝的韶华,
　　我们得赶紧享用,再也不能耽搁!
人并没有什么港口,时间也没有什么际涯;
　　流光飞逝,我们只是过客!"

啊,嫉妒的光阴,那爱情源源不断地向我们倾注
幸福的令人欣喜欲狂的时刻,
难道可能与不幸的岁月以同等的速度
　　离我们远去而杳如黄鹤?

怎么!我们竟不能让那良辰至少留下脚印?
怎么!从此一去不复返!怎么!消失得无迹无痕!

这带来良辰的光阴,这抹去良辰的光阴,
  居然再也不把良辰还给我们!

啊,永恒,虚无,往昔,阴暗的深渊,
究竟什么是你们所吞没的岁月的化身?
直说吧:你们从我们心中夺去的那无与伦比的狂欢,
  还让不让我们重温?

啊,湖!岩洞!昏暗的森林!沉默的峭壁!
光阴宽容你们也罢,光阴会让你们恢复青春也罢,
啊,锦绣如画的大自然,请留下对那个良夜的记忆,
  请千万留下!

风光旖旎的湖啊,但愿这记忆留在你的狂风暴雨里,
留在你的安眠中,留在这丰采令人赏心的山坡间,
留在这一片浓荫的枞树下,留在这迎着你的涟漪
  崛起的孤寂的岩石边!

但愿这记忆伴着你岸边四处荡漾的回声,
伴着飒飒作响、飘然而过的和风,
伴着以柔和的清辉为你的水面披上白色轻纱的星辰

那银光闪闪的面容！

但愿这窃窃私语的微风,这喃喃低语的芦竹,这弥漫在你空中的清香,你听见的所有歌声、看到的所有景物或吸到的所有空气纷纷追述:
　　"他俩曾一往情深!"

光 荣*
——致一位流亡诗人[1]

啊,最有希望赢得记忆女神青睐的英雄,
两条不同的道路展现在你们面前:
一条通向幸福,另一条通向光荣;
人们啊,这可得挑选。

啊,马诺埃尔,你的命运遵循这普遍的规律;
缪斯将以早来的恩惠使你陶醉;
你的岁月交织着不幸与荣誉,
　　你流着眼泪!

---

* 此诗一个片段的写作日期署为"一八一五年十月于巴黎"。——原编者注
[1] 系流寓巴黎的葡萄牙诗人弗朗西斯科·马诺埃尔·多·纳西芒托(1734—1819)。——原编者注

你倒不如因羡慕凡夫俗子内心深处
所渴望的那种无所事事的安宁而害羞:
神灵替他们创造了尘世的一切幸福,
　　但诗才却只为我们所有。

尘世属于你,尘世就是你的故乡。
当我们与世长辞,我们的亡灵
有的是祭坛,公正的未来从那里为你的天才酝酿
　　不朽的令名。

骄傲的雄鹰就这样向惊雷出没的空间
冲去,坚持着自己勇敢的飞翔,
仿佛向人们宣告:我出生于尘寰,
　　但我却生活在天上。

是的,光荣正将你等待;但请你停下来,
仔细想一想你得付出多少代价才进入这神圣的
　　广场;
看吧:厄运正坐在神殿门外,
　　向台阶投出监视的目光。

这里,正是那位老人①,忘恩负义的爱奥尼亚②
看见他的苦难笼罩着一片又一片海涛:
双目失明的他竟以自己的才华为代价
　　乞讨一块被泪水浸湿的面包。

那里,塔索③因致命的热情而激动不已,
在枷锁中补偿着自己的爱情与荣誉,
当他即将获得辉煌的胜利之际,
　　堕入了地狱。

到处都有不幸者、流亡者与牺牲品
在与命运或刽子手进行着搏斗;
好像苍天总是让越高尚的心灵
　　承受越多的忧愁。

---

① 指荷马。
② 爱奥尼亚,古地区名,指安纳托利亚西部沿海的中段地区,北邻伊奥里斯,南接卡里亚,包括沿海岛屿在内,系古希腊工商业与文化中心之一。
③ 塔索(1544—1595),意大利诗人,著有牧歌剧《阿明达》与叙事长诗《被解放的耶路撒冷》,均为代表文艺复兴诗歌高峰的杰作。

因此请迫使你竖琴的呻吟沉默,
厄运只是天生无力的心灵的暗礁;
至于你,被废黜的王啊,但愿你的灾祸
  唤起你勇敢的骄傲!

这野蛮的命令逼得你远离那曾是你的摇篮的岸边,
对你究竟具有什么重要性?
命运在什么地方为你准备一个光荣的墓园,
  对你又有什么要紧?

在你也许会受尽折磨的岸边,你的荣誉
无论流亡或特茹河[1]畔那些暴君的锁链都束缚不住;
里斯本在为你的荣誉发出呼吁,
  这就是你可能留给它的遗物!

素昧平生的人们将哀悼怀才不遇的伟人;
雅典会向流亡者开放自己的先贤祠;

---

[1] 伊比利亚半岛上发源于西班牙东部阿尔瓦拉辛山的最长河流塔霍河,向西流入葡萄牙,亦称特茹河,由里斯本附近注入大西洋。

科里奥拉努斯[1]消失了,罗马的子孙
　　会追怀他的名字。

趁还没有登上死者的海岸的时候,
奥维德[2]把哀求的双手举向天空:
他给粗野的萨尔马特人[3]留下他的尸首,
　　却给罗马人留下他的光荣。

---

[1] 据传为公元前六世纪末至前五世纪初的古罗马英雄人物,系莎士比亚所著《科里奥拉努斯》一剧的主人公。
[2] 奥维德(前43—公元18),古罗马诗人。
[3] 萨尔马特人系公元前四世纪至公元四世纪生活于俄国(欧洲部分)南部地区至巴尔干东部地区一带的游牧民族。公元八年,奥维德被古罗马皇帝奥古斯都放逐到黑海边的托弥,直至死于该地。

祈 祷[*]

在灿烂的余晖中西沉的光芒四射的白昼之王
正从自己胜利的战车上缓慢地下降。
当着我们的面藏起这夕阳的光彩夺目的云
偏偏露出一道道金光,留下它在空中的印痕,
又让一片绯红的反光洒满苍穹。
宛如一盏金灿灿的明灯高悬在玉宇中,
月亮在天际的边缘摇曳,
它那显得微弱的光辉在草地上安歇,
群山的上空展开夜晚的帷幔:
这时候沉思了片刻的大自然
在降临的黑夜与消逝的白昼之间

---

[*] 此诗的写作可能开始于一八一九年七月,完成于同年十月二十日。——原编者注

出现于光明与黑暗的造物主面前,
好像以美妙绝伦的语言向上帝
表示天地万物崇高的敬意。

无边无际的全世界的祭礼已经到来!
宇宙就是神殿,人间就是祭台;
天空就是这神殿的圆盖;而这数不清的繁星,
这有条不紊地布满广宇的拱顶,
半戴面纱的明灯,这黑暗中所点缀的淡淡的光华
就是为这神殿点燃的神圣的火把;
这被行将消失的阳光
染上颜色,被轻盈的微风从西方到东方
在玉宇的原野上从容不迫地赶着撒下来,
卷成天边鲜红的絮团的纯洁的云彩
就是冉冉上升并一直飘向大自然
所崇拜的上帝的宝座的波涛般的香烟。

可是这神殿却没有声音。神圣的合唱究竟在哪里?
对宇宙之王的颂歌究竟将从何处响起?
一切都沉默了;只有我的心在这寂静中慷慨陈词。
整个世界的声音,就是我的聪明才智。

借着黄昏的余晖，驾着晚风的翅膀，
我的智慧像充满活力的芬芳一样向着上帝扶摇直上；
并向每一个人侃侃而谈，
由于一往情深而把我的心献给大自然。
我独自在这里祈求上帝慈爱的注视，
让荒漠到处都笼罩着他的名义；
从他无限的光荣的深处倾听
他所支配的这些星球的和声的心灵
也在倾听这低声地呼唤着他的姓名
并凝望着他的荣誉的我朴实的理智的声音。

向你致敬，你自身与世界的起源与归宿，
你以目光使这苍茫大地出现万物；
啊，宇宙的灵魂，圣父，造物主，上帝，
天主，我在所有这种种名义下信仰你；
不需要听见你的教训，
我从苍天的脸上就看出我光荣的象征。
在我的心目中，空间显示出你的高贵，
大地显示出你的仁慈，繁星显示出你的光辉。
你的杰作就体现了你本身；
整个宇宙都是你的形象的写照，而我的灵魂

又转过来成了宇宙的反映。
我的思想,包含着你种种属性,
在自己周围到处都发现你并将你崇拜,
自己注视着自己,又从中发现你的存在:
太阳就这样在天空中大放光芒,
在波涛中映出面影,在我的眼前显出形象。

单信仰你还不够呀,仁慈、无与伦比的美丽;
我到处都在寻找你,我向往你,我热爱你;
我的灵魂就是光明与爱情的一道异彩,
这异彩一天就从神奇的火炉中迸发出来,
渴望着追溯自己那远离了你,因无法满足的欲求
而枯竭的充满激情的源头。
我呼吸,我感觉,我思索,我向你倾注一片深情。
这藏起你来的世界在我看来显得透明;
我从大自然深处发现的正是你,
我正是为你而向每一个人祝福不已。
为了接近你,我进入这片荒漠;
这里,当黎明从空中撩起自己的帷幕,
微微露出被最初的阳光染上色彩的天边,
把晨曦的明珠撒满群山,

依我看来这正是你的眼睛从天堂
向世界微微张开,并向世界放射出光芒:
当这暂停运行的星球在它的鼎盛之际
让我在它那使我恢复了知觉的强烈的光辉里
沐浴着光和热,充满了生气,
上帝啊,我感觉到的正是你的力,你的气息;
当引导那伴随着它的繁星的夜晚
将它那昏暗的帷幔
撒向这独自在黑暗与空虚中
思考黑夜令人肃然起敬的庄重,
为宁静、阴影与沉寂所笼罩的沉睡的世界,
我这与你格外贴近的灵魂因你的存在而充满爱;
我感到自己沐浴着内心的光明,
我听见那要求我充满信心的声音。

是的,上帝啊,我对你的慷慨深信不疑,
你到处都大方地浪费生命,毫不吝惜,
你也许不会把我的日子的数目限制
在人世间这如此动荡不安又如此短促的岁月里。
我到处都发现你在生产与保存;
谁能创造,谁就不屑于毁损。

作为你的力量的见证,确信你的仁慈,
我等待着不朽那个永无止境的日子。
死亡徒然地在我的周围笼罩起忧郁的阴影,
我的理智透过这片黑暗看见那光明。
这正是让我接近你的最后阶段,
这正是落在你的脸和我之间的帷幔。
上帝呀,请为我让我所恳求的这个时刻快些来吧;
或者,假如你依然将这个时刻留在你的奥秘中的话,
请从天顶倾听我的需要的大声疾呼;
微粒和宇宙都引起你的关注,
请用你仁慈的赠品维持我的贫困,
请用面包扶养我的肉体,请用希望哺育我的灵魂;
请用你威力无比的目光
重新鼓舞我这因我意识上的阴影而黯然失色的思想,
犹如太阳吸入露珠,
请把我的思想永远吸入你的内心深处。

祈　求*

啊,从这世间的荒漠中突然出现在我面前的你,
下凡的女神,路过这里的天仙!
啊,你让一道爱情之光在这深沉的黑夜里
　　射出我的眼帘;

请让你的全貌迎接我惊讶的目光,
请告诉我你的名字,你的命运,你的故园。
　　你的摇篮可在这世界上?
　　或者你只是一阵神奇的灵感?

明天你可将再度看到那永恒的光芒?

---

* 此诗或在一八一六年十月二十日作于埃克斯,或在一八一七年一月初作于巴黎。——原编者注

或者在这充满不幸与悲哀的流放的地方，
你可该沿着你艰苦的征途继续勇往直前！
啊！且不管你的名字，你的命运，你的故土，
你不是天堂的仙女，就是人间的裙钗，

  啊！让我一辈子向你不是献出
  我的爱情就是奉献我的崇拜。

假如你得像我们一样完成你生命的旅程，
那就请做我的支柱，我的向导，请容许我一路上
亲吻你这令我五体投地的脚步后的轻尘。
但假如你展翅飞翔，假如，远离我们的目光，
啊，天使的妹妹，不久你重又升到他们的身旁，
既然在尘世对我曾一度温存，

  那就请在天堂里别把我遗忘。

信　仰*

啊,虚无!啊,我所能了解的唯一的上帝!
啊,宁静的深渊,我就要重又投到你的怀抱里,
为什么你竟听凭人逃出你的手心?
我在你的怀抱里一度坠入何等深沉的梦境!
在永久的遗忘中我或许依然在你的怀抱里安眠;
我的双眼或许看不见我所痛恨的那虚伪的一天,
而在你漫长的黑夜中,我平静的睡乡
或许永远也体验不到苏醒,感受不到梦想。

——但既然我来到世界,毫无疑问那就得生下来。
假如当初征求我的意见,我恐怕就会拒绝存在。
啊,徒劳的悔恨!命运迫使我降临人世,

---

* 此诗于一八一八年八月十一日前不久完成。——原编者注

太阳啊,我竟然也来诅咒你。

——然而,确实如此,这最初的清曙,
一个茫然无知的生命的不可预料的复苏,
展现在他眼前的这无限的宇宙,
察看天色的人这长久的凝眸,
这朦胧的奇观,这希望的急湍,
在生存的开始就引得眼花缭乱。
你好,新居,时代让我在你的怀抱里栖身,
啊,地球,我的至福的未来的见证!
你好,哺育大自然的神圣的火炬!
啊,太阳,每个人最初的情侣!
啊,藏起那创造了你的上帝的广阔的青天!
啊,大地,人类的摇篮,令人赞赏的宫殿!
啊,人类,你们像我一样,我的伙伴,我的兄弟!
你们在我眼里格外可爱,在我心里格外亲密!
啊,万物,见证,幸福的工具,我向你们致敬!
成全你们的命运吧,我给你们带来一颗心……

——这梦想多么辉煌!唉!但这只是一个梦想。
从前它开了头,如今它收了场。

痛苦慢慢地为我拉开坟墓的帷幔:
你好,我的末日!但愿你成为我最美好的一天!

我已与世长辞;我越过了那生活的荒漠,
那里,每一朵鲜花时刻都在我的脚步下凋落,
那里,希望时刻都在欺骗我的理智,
为我把幸福展现于隐隐约约的天际;
那里,死亡之风那灼热的气息,时刻
都从我的双唇下使清泉干涸。
且让别人流露出徒然的悔恨,
向过去索回他那不复存在的青春,
痛惜他的锦瑟年华那消失了的晨曦,
并答应重温第二次人生的记忆:
至于我,纵然命运给我
天才的优势或国王的宝座、
荣誉、美人、财富、智慧任我挑选,
又在赠品中加上永久的华年,
我也肯定选择死亡;在这样一个世界中,
不,我似乎并不想凭借太阳返老还童。
我不要这个世界:一切都在变化,一切都在流逝;
直到回忆时,一切都在衰退,一切都在消失;

一切都转瞬即逝,不长久,靠不住;
幸福的日子总不能重复!

多少次,被生活所欺骗,我就这样
从我的心头永远地赶走希望!
多少次,我不堪一击的头脑
就这样以为自己被冷静的德行所笼罩,
并梦想着芝诺[1]那迷惑人的才华,
把它的虚弱掩盖在禁欲主义的外衣下!
一旦隐没在冷漠里,
它就靠遗忘得到休息。
啊,徒劳的休息!虚假的睡眠!——就像在目击罗马
从它自身废墟的深处出现的山丘脚下,
眼睛看见隐隐约约地散布
在这片混沌中的古代的纪念碑、现代的防御物、
那富丽堂皇的三角楣安睡在尘埃中或攀缘
在草丛下的摇摇欲坠的露天剧院、
被荆棘所覆盖的英雄的祠堂、

---

[1] 芝诺(约前495—约前430),希腊哲学家与数学家,尤以悖论著名。

躺在自己空荡荡的圣殿门口的神像、
遮掩着茅屋的方尖碑形的永久纪念物、
雕有外国图像的圆柱、
墓园中的鲜花、广场上的野草
和那挤满新神像的陈旧的万神庙；
当一阵微弱的生命之音
每隔一段时间就响起来打破这片寂静：
这就是我们的灵魂，在使理智一直颤抖
到基础的这一阵阵长久的震动之后，
不幸害得我们的灵魂仅仅沦为绝望的情绪
像一大片碎屑所占据的无边无际的废墟！
啊，熄灭了的感情这无声的混沌，
没有知觉却又没有安宁这对立的组成部分，
被时间所忘却的残存的情感，
愿望与思想的混战，
奄奄一息的记忆、遗憾、悔恨、厌恶，
但愿这片碎屑向我们证实灵魂极度的痛苦！
然而在这铺天盖地的悲哀下灵魂依然生气勃勃；
这团没有燃料的火自己给自己添火；
它从自己的灰烬中复活，但这不可避免的火炬
却担心在坟墓外继续燃烧下去。

啊,灵魂!你到底是谁?啊,吞没了我的火焰,
难道你就该活到我身后?难道你就该继续受苦
　　受难?
啊,神秘的主人,你将化为什么形象?
你往后的归宿可是太阳?
你或许只是那团火的一颗火星,
只是那星辰所召回的一线光明。
你或许只是人类被毁灭之际
大地所产生的一滴即将消失的更纯净的液体,
只是一撮能思维的泥土,只是一点有生命的污泥……
但我明白什么呢?听了这句话,你竟因惊恐而战栗:
由于担心默默无闻又厌于忍受苦痛,
唉!你竟害怕生活又对死亡忧心忡忡。

——谁将揭示你呢,令人恐惧的秘密?
我倾听着世间哲人的呼声却枉费心机:
疑惑也将那些卓越的有识之士引入歧途,
上帝造他们用的是同样的泥土。
凝聚起古代智慧的光芒,

苏格拉底[1]在希腊风华正茂的年代曾将你冥思苦想，
柏拉图[2]继他之后在苏尼翁[3]曾将你寻觅；
两千年过去了，如今我依然寻找你；
再过两千年，人类的后代
还将在我们今天所度过的黑夜中徘徊。
这顽强的真理总是逃避我们的目光，
只有上帝能集中起它所有的那四分五散的光芒。

——因此，我只准备长眠去迎接光明，
没有任何希望会来安慰我的眼睛：
我的灵魂将不靠火炬也不靠向导
就从人世间的黑夜转入坟墓中的黑暗的怀抱，
我漫无目的地向我一跃而去的世界带走
我失去希望的英勇，带走我没有补偿的忧愁。
回答我吧，残酷的上帝！假如你的存在果真确实，
我就拥有诅咒你的戒律这不可避免的权利！
在白天的重压后，佣工当夜幕降临

---

① 苏格拉底（约前470—前399），古希腊三大哲学家中的第一位。
② 柏拉图（约前428—前348或347），古希腊三大哲学家之一，与苏格拉底、亚里士多德共同奠定西方文化的哲学基础。
③ 苏尼翁，古希腊岬角，位于阿提喀东南端。

至少坐在暗处收起自己的薪金；
而我,当我在命运的重担下屈服,
当我的岁月结束,我的报酬却是一命呜呼!

——然而,当我为自己而悲伤,眼睛向我的坟墓
流露出疑惑与对神明的亵渎,
信仰终于醒来,就像甜蜜的回忆一样,
向我黯然失色的未来投出一道希望之光,
从死神的阴影下使我复活,将我点燃,
把灵魂的青春还给我的垂暮之年。
在这神圣的火炬的光芒下,
我从暮年回到自己的锦瑟年华;
我凝视着仁慈的命运;
在我感到满足的心目中一切都井然有序而一气呵成;
我从未来看出现在的道理,
希望在我的后面将虚无的大门关闭,
向我狂喜的灵魂重又展开天际,
并以死亡向我解释生命之谜。

这在我的坟墓旁等待着我的信仰,
唉!我记得,曾在我的摇篮之上飞翔。

啊,希望之乡的不朽遗产,
祖先曾将这信仰向后裔世代相传。
我们的灵魂在第一次苏醒时就接受这信仰,
宛如来自上帝的礼物、生命与太阳;
一睁开眼睛,仿佛灵魂的奶,
这信仰就从母亲的唇间向我们流了出来;
这信仰在人类的华年深入他们的心坎;
它的火炬在一颗颗心中走在理智的前面。
孩子试图发出他最初的议论,
从摇篮里结结巴巴地说出他那崇高的象征,
在不知不觉地出现的慈母般的目光下,
他感到这信仰在自己心中与美德一起成长壮大。

啊!假如真理为这世界而产生,
毫无疑问它就接受了这单纯的特征;
毫无疑问从呈现在我们眼前的童年起,
就通过感觉从四面八方进到头脑里,
犹如天上的火焰那纯洁的光辉,
它一清早就该将我们的灵魂包围,
通过爱从头脑深入到心坎里,
与记忆打成一片,与生活习惯结为一体,

如同冬天依然覆盖着的能发芽的种子一样,
出现之前在我们的内心深处久久地酝酿,
当人类度过了风狂雨猛的夏季的时候,
就结出神奇的果实让他们不朽。

啊,不可思议的太阳!啊,另一个领域的火把,
请向我无神的眼睛献出你神秘的光华!
从上帝心中来吧,令人欣慰的光芒!
啊,使人活跃的星辰,请升起在我的心上!
唉!我只有你;我黯然失色的理智
在我阴郁的岁月中把我抛弃在黑暗里;
这骄傲的理智,这无能为力的火炬,
在坟墓的门口像生命一样渐渐衰弱下去;
请来取代这理智,啊,天上的光明!
请来用毫无阴影的阳光充满我的眼睛;
请给我代替我可能再也看不到的太阳,
请像月亮一样在天际闪闪发光。

那不勒斯附近的巴亚海湾*

你瞧这平静的清涟
怎样涌上海滩又渐渐失去影踪!
你瞧这见异思迁的和风
以漫不经心的气息吹得它喜欢
吻遍的海水粼波微动!
让我们登上
我的手毫不费力地驾驶的这轻盈的小舟,
从这僻静的海湾旁
小心翼翼地往前走。

海岸已经逝去,与我们远离。

---

* 此诗原稿已佚,可能作于一八一五年,因格拉齐拉而获得灵感,原属《哀歌》卷一。巴亚海湾,在那不勒斯近郊,旧日系罗马帝国最著名的海水浴疗养地。——原编者注

当你以惶恐的手握起

驯服的船桨的时候,

我向着喧闹的船桨低下头颅,

在微微波动的大海深处

耕出一条敏捷的犁沟。

啊,上帝!我吸到的空气多么新鲜!

隐没在忒提斯[1]的心口上,

太阳已经将自己的统治权

让给脸色苍白的黑夜女王。

半开半合的花朵的心怀

开放了,香气袭人的暮霭

这时笼罩着天空的四面八方;

黄昏轻柔的微风

又使大海的上空

洋溢着大地上最馥郁的芬芳。

什么歌在这波涛上回荡?

什么歌突然响起在这岸边?

交织在一起的这两部合唱的回响

---

[1] 忒提斯,希腊神话中为宙斯与波塞冬所钟情的海中仙女。

伸展着和弦。
因不敢相信星辰
而收起船帆的渔人
引吭高歌,向自己的居所致敬。
一位欣喜欲狂的少妇
向天空发出欢呼,
对他的平安归来表示庆幸。

然而更浓重的黑暗
已经降临,使茫茫大海变得朦胧;
船影消失了,歌声随之中断,
寂静笼罩着天空。
这正是陷入一片思绪
而屏息静气的忧郁
坐在静悄悄的海岸上,
对残垣断壁浮想联翩,
又从山丘的斜坡凝望那宫殿
与那冷清清的圣堂的时光。

啊,自由的古老而神圣的故乡!
昔日富于高尚品德的土地!

你的帝国如今沦为可鄙的君王
所征服的奴隶！你的那些英雄再也不见踪迹！
但成长起来的灵魂透过你的怀抱
觉得从他们的纪念碑上感受到他们的才干。
犹如从废弃了的圣殿中依然感受到
它往常所充满的上帝的威严。
啊，古罗马人！骄傲的加图们[1]！两位布鲁图的
　亡灵[2]！
但愿我们别再问起你们那高贵的骨灰，
让我们去向这残垣断壁讨回
更美好的记忆，更宜人的浓荫。

　　在这阴凉的居住地，
　　在一所因快乐与才华
　　变得更美的退隐之家，

---

[1] 大加图（前234—前149），罗马政治家、演说家、第一位重要的拉丁散文作家。小加图（前95—前46），大加图的曾孙，罗马元老院贵族领袖。

[2] 一位布鲁图，公元前五〇九年赶走暴君塔奎尼乌斯，建立罗马共和国，并当选为第一任执政官。另一位布鲁图（前85—前42），系公元前四四年三月刺死罗马独裁者凯撒的密谋集团领袖。

贺拉斯[1]曾避开宫廷那些盛大的仪式,
普洛佩提乌斯曾在这里访问过肯提娅[2],
在戴利娅的目光下
提布卢斯[3]曾在这里抑扬地发出过爱情的叹息。
更远处,那就是塔索曾来吟唱过的避难所,
当时他沦为天才与命运的牺牲品,
在天地间流浪,得不到庇护也得不到安宁,
怜悯收容了他那遐迩闻名的灾祸。
他后来竟在离这同一海岸不远的地方与世长辞;
光荣呼唤着他,他来了,却支持不住:
等待着他的胜利好像从他的面前消失,
他那姗姗来迟的荣誉仅仅笼罩着他的坟墓。

啊,巴亚的山丘!富有诗意的栖息处!

---

[1] 贺拉斯(前65—前8),罗马杰出诗人。其《歌集》与《书札》对西方文学曾产生重大影响。公元前三十年代中期,奥古斯都主要政治顾问之一梅塞纳斯赠给他萨维纳山区一所舒适的庄园,这使他终生感到十分快慰。
[2] 普洛佩提乌斯(约前50—前15),罗马哀歌诗人。著有四卷哀歌,其中第一卷发表于公元前二十九年,主要记述他同书中女主人公肯提娅的爱情。
[3] 提布卢斯(约前55—约前19),罗马哀歌诗人。与戴利娅的恋爱,成为他第一卷诗的主题。

啊，令人赏心悦目的幽谷，世界上所有伟大的人物
　　当日都曾在你的怀抱中居住过，
可如今，荣誉与爱情的回声，你再也发不出。
　　没有一个人回答我，
　　剩下的不是这片水波的悲歌，
就是从四周的残垣断壁唤回的低诉！

一切就这样变化，一切就这样消失，
我们自己就这样凋残，
唉！除了让我们从这一切都化为泡影的大海里
一掠而过的那只小船，
竟没有留下任何别的踪迹。

神　殿*

当月亮还没有悄然而至，
黄昏那孤独的星星
慢慢地升上天顶，
当黑暗与光明争夺着大地，
从幽谷深处恭恭敬敬地走向这青苔
虽已盖满庄严的柱廊但苍天
依然对虔诚的心灵叮嘱不已的乡村神殿，
是多么美好，又多么愉快！

你好，神圣的树林！你好，墓园，
乡村坟场的谦恭的看守员；

---

* 此诗原稿已佚，写作日期或为一八一六年秋末，或为一八一七年春夏。原属《哀歌》卷一。——原编者注

路过时我为你朴实的纪念碑祝福。
谁亵渎死者的骨灰,谁就该倒霉!
我在他们简陋的墓石前面下跪,
大殿迎来我回响四起的脚步。
啊,何等的良夜!何等的宁静!神圣的祭台旁
亮着的残灯那摇曳的微光,
从教堂深处我几乎看不见。
当整个世界都坠入梦境,只有这盏灯
依然闪耀着光辉,只有仁慈这令人快慰的象征
在那里为收集人们的喃喃低语而彻夜不眠。
往前走吧。我听不见一点儿人声;
广场在我整齐的步伐下独自战栗,
我终于越过教堂的石级。
啊,神圣的四壁,神圣的祭台!我虽然孤独,
但我的灵魂在你们面前却能倾注自己的爱情与痛苦,
并向苍天吐露只有上苍才会了解,只有你们
才会听见的不为世人所知的心声。

怎么!我竟敢无所畏惧地走近这些祭台!
上帝啊,我竟敢给这庄严的围墙内带来
一颗依然因爱情与痛苦而燃烧的心!

想起你神圣的尊严会由于我缺乏对神殿的崇拜
而给我以惩罚,我居然没有胆战心惊!
不!我再也不因害得我精力衰竭的情欲而羞愧:
当美德燃起欲火的时候,爱情无罪。
犹如我与之订立海誓山盟的对象一样一尘不染,
我的爱情燃烧着我的心,而这正是神圣的火焰;
忠贞给它带来荣誉,不幸使它变得纯洁。
我把它告诉大地,告诉整个自然界;
面对你神圣的祭台我无所恐惧地倾诉了衷情:
强有力的上帝啊,在你面前我也许敢说出她的芳名。
是的,虽然你的圣堂引起我的心悸,
我的嘴巴却依然轻声地呼唤艾尔薇拉的名字;
墓园间这说了一遍又一遍的芳名,
宛如一个喃喃低语的幽灵那悲哀的声气,
打破了阴郁的围墙内的安宁。

别了,冷冰冰的纪念碑!别了,神圣的归宿!
自从我在你们面前流出泪珠,
晚钟的回声已经重复了两回:
苍天既已目睹这些泪水,我出来时也就获得了安慰。

或许在彼岸,在同一个时刻里,
艾尔薇拉也正这样彻夜不寐,独自与我形影不离,
在昏暗的神殿中,眼里满噙着泪珠
走向冷清清的祭台倾吐自己的痛苦。

太阳颂*

你终于怜悯她那长久的苦痛!
爱情所恳求的上帝啊,你终于把那一天还给了我!
我这为软弱无力的苍白所笼罩的面容
在她的眼里已经神采奕奕,生气勃勃;
温馨的热情已经在我整个的生命中
和我的血液一起循环,重又在我的心头汹涌:
  我终于因重温鸳梦而复活!

今天连大自然也已苏醒!
我们发现它在五月和煦的阳光下再生;
围绕着我的窗户的鸽群

---

* 据诗人自云,他十八岁作此诗,但细睹此诗措辞,又使人疑其原属一八一六年所作的《哀歌》。——原编者注

正宣告最令人依恋的时节的来临!
请在我们绿色的田野里指引我最初的脚步!
请带领我,亲爱的艾尔薇拉,请扶住你的情人:
我要看着太阳冉冉上升,
从我们的山顶匆匆赶路,
直到它被大海所吞噬,
把天空让给晚风之时!
来吧!你还替我担忧什么呢?你看这无云的碧霄!
我们岁月中这最美好的一天不再会遇到风暴;
眼下已是和颜悦色的牧人在繁花似锦的草地上
伴着羊群酣然入梦的时光!

啊,上帝!这微风多么温柔!这阳光多么纯洁!
你以胜利者的姿态统治着整个自然界,
啊,太阳!从你长驱直入的青天,
你把生命力与繁殖力洒向大自然!
在上帝使光明与黑暗分离,
把你投入你广阔的道路中的日子里,
整个宇宙都把你视为主宰,
人类也都向你俯首,将你崇拜!
从那一天起,你就追随着你燃起熊熊烈火的征途,永不停息地走你一贯坚持的道路；
你夺目的光芒没有减退，
在岁月的巨手下你的容颜也没有失去光辉！

当早晨的呼声前来唤醒曙光之际，
印度人拜倒在地，为你祝福，向你敬礼！
而我，当正午以它那仁慈的火
逐渐使我无精打采的肢体生气勃勃，
我觉得，在你火焰般的光芒中，好像有个神
温暖着我的心，深入我的灵魂！
我感到我的灵魂摆脱了自身的枷锁，
犹如从天顶伸过来的手臂碰到了我！
可是你那卓越的创造者难道不许相信他？
啊，太阳！难道你并不是他的荣耀的光华？
当你去测量无边无际的穹苍，
啊，太阳！难道你并不是他的眼睛的光芒？

啊！假如面临不幸的流年，
我偶尔亵渎过太阳那讨厌的光焰；
假如我诅咒过我从你手中得到的礼物，
啊，上帝，洞察内心世界的上帝！请将我宽恕！

我已经久久没有体味到
在我心爱的情人身边重返大自然的怀抱，
在晴朗的一天的阳光下觉得生命与爱情
又降临到我心头的那种极度的欢欣！
啊，狂人！往日我竟不知道人生的全部价值！
但那一天终于告诉了我，我从此对你赞美不已！

告　别[*]

是的，我离开了那宁静的港口，
那港口让我怀想了这么久，
在那里，远离都市的烦恼，
在愉快而安逸的闲暇里，
我的岁月会悄悄地流逝。
我离开了幽暗的山谷，
一位友人那乡间的房屋，
远离比西的小树林，
我这不得已流亡的灵感
悲伤而忧愁地离开
它当初选择的住所。

---

[*] 此诗作于一八一五年。百日王朝后回到马孔，诗人旋即赴比西他的友人维涅的舅舅梅斯特尔上校家。——原编者注

我们将再也去不了那片草地，
迎着第一道晨曦，
迈着迟疑不决的脚步，
害得我们充满诗情画意的幻想迷了路。
我们将再也看不到太阳
从意大利群峰的顶点
猛推它那鲜红的马车，
仿佛生命之父，
把苏醒时最初的喧闹
还给沉睡的大自然。
我们将再也欣赏不到你们的浓荫，
啊，老松树，那一片片森林的光荣，
你们将再也听不到我们的秘密；
我们将再也不去那潮湿而阴暗的岩洞下
寻找凉快的地方，
黄昏，在乡村教堂里，
当凄凉的晚钟
呼唤整个小村庄，
我们将再也不响应号召，
走到那覆盖着田间坟墓的简朴的石板上
弯下腰去。

别了,小山谷;别了,小树林;
啊,天蓝色的湖,人迹罕至的悬岩,
茂密的丛林,宁静的住屋,
幸福的人们与聪明的人们的居住地,
我从此离开了你们,一去不复返。
我飞逝而去的小船
已经迎着一阵迷惑人的微风
不情愿地离开
保护神提供给我的海岸。
我迎击新的暴风雨;
我脆弱的小舟
可能献身于新的失事:
然而在年轻力壮时期,
在哪个暗礁上,在哪条海岸旁,
我不曾搁浅呢?
但为什么用鲁莽的抱怨
使命运厌倦呢?
刚走到半路上,
难道就该向后看吗?
我的双唇刚刚尝到
人生苦酒的滋味,

我就把这酒杯远远地抛掉；
然而残酷的判决已经宣布，
那就非得尝尽辛酸不可！
一旦我的脚步
越过我们三分之二的人生道路，
一旦我的头发
在整个生活的重担下变白，
我就会回来访问
古老的比西那让蓝天
为我保留了一个朋友的僻静的房屋。
在某个幽深的退隐处，
在由他栽种的树丛下，
我们将目睹
我们最后的动荡岁月像波浪般流逝。
那里，没有忧虑也没有希望，
我们被回忆重新引向
那充满暴风雨的生活，
向后投出我们的目光，
我们将估计
往后该经过的道路。

如同一位八十岁的向导,
在孤独的悬岩顶上,
黄昏,无语安坐,
任他的目光在远处迷失方向,
却依然凝望他从前
耕出过一条条犁沟的浩瀚的海洋。

拉罗什吉翁的圣周*

此刻,世界上最后的喧闹声逐渐潜去影踪;
啊,失去星光的船夫,靠岸吧!眼前正是海港:
此刻,灵魂正陷入深沉的平静中,
  这平静可不是死亡。

此刻,天空并不阴云密布,也不黯然无光,
一片公正而纯洁的阳光正愉快地将它凝望:
正是为红日所紧紧追随的这生气勃勃的太阳
  从天顶发出这片光芒。

---

* 圣周,复活节的前一周。此诗原稿已佚,曾于一八一九年在迪多印书馆的小册子上发表。拉马丁在拉罗什吉翁他的朋友罗昂家里度过了一八一九年的圣周(四月六至十一日),自十三日起,就在一封信中谈起这首因此番逗留而获得灵感的诗。——原编者注

好像黎明前醒来已久的人一般,
啊,青年人,我们已经避入这幸福的逗留地,
我们的梦结束了,你们却依然耽于梦幻;
　　醒来吧!曙光已经升起。

啊,温柔的心,过来吧!此刻我们依然情深意切;
但这种爱在祭台上燃烧,变得格外纯洁。
它所含有的世俗的一切,一遇上这火就化为乌有;
　　留下的一切就获得不朽!

在这神圣的家中彻夜不眠的祈祷
向我们预示晨星的运行;
为我们驾起时光的虔诚的马车往前跑,
　　整个儿占据并审慎地安排我们的光阴。

教堂的钟随着晨曦而苏醒;
它使我们的敬意与微风的呼唤交织在一起,
钟槌敲打,回荡着洪亮钟声的空气
　　和着我们叹息的声音。

在这岩洞里,在阴暗的拱顶下,

出现一座平凡的祭台:啊,天国之王,这可是你?
是的,为爱所迫,大自然的上帝

  降临到这里,谁信谁就看得见他。

让我的理智沉默不语,让我的心顶礼膜拜!
十字架在我的心目中显示出一种新的光彩,
在一位气息奄奄的上帝跟前,我难道还会大惑不解?

  不,爱正向我解释爱!

所有这些低下的头颅,这照耀着它们的明灯,
圣地发出的这股香味,这片叹息,
这火烧般的激动,这入迷时的泪痕,

  一切都回答我:这分明是一位上帝。

啊,上帝的宠儿,请容许我以你们为榜样,
犹如一座宫殿门口的乞丐,
我也远远地从圣堂门外

  向这给你们以安宁的上帝表示敬仰。

啊! 让我把自己的赞歌投入到你们的颂词中去!
让我焚起的弄脏了的香和你们的香一起缭绕而上。

人类的子孙从前不总是让自己的歌声参与
　　天使那神圣的合唱!

每一道曙光都害得众多生者从我眼前失去踪影,
我日复一日地充满了痛苦与良心的责备。
来吧;此刻请在阴暗的柱廊下,在死者安息地附近
　　指出我的座位!

请容许一个异乡人守在他们的骨灰近旁,
在灵柩中燃烧,就像这些神圣的火炬一样;
死神夺去了我的一切,死神应该还我一切;
　　我等待着从坟墓中醒来!

啊!但愿我能在他们的旁边,按照我的渴望,
在祭台的庇护下,在离这海港不远的地方,
独自在希望与死亡之间
　　就这样结束我的残年!

上　帝*

——致德·拉芒内先生

是的,我的灵魂喜欢摆脱它的锁链;
放下人间苦难的重担,
一任我的感觉在这肉体的世界上徘徊,
我毫不费力地登上精神的世界。
这时,藐视那看得见的天地,
我就自由地飞翔在可能的领域里。
我的灵魂在它广阔的监狱中只感到局促:
我需要一个无边无际的归宿。

好像洒在大西洋里的一滴水一样,

---

* 此诗原稿已佚,作于一八一九年四月二十五日至五月四日拉马丁骑马自巴黎往勃艮第旅行途中。——原编者注

无限的宇宙往它的怀中吸入我的思想；
这时，啊，空间与永恒的王后，
我的思想敢于测量时间与无边无际的宇宙，
敢于环顾生活，敢于接触虚无，
敢于设想上帝是个不可思议的要素。
但我一想描绘出我感觉到的一切，
任何话语就都在毫无效果的努力中归于幻灭。
我的灵魂却以为在说话，我含糊不清的语言
居然以无数声音——我思想的幽灵打动了青天。

上帝为人类创造了两种不同的语言：
一种以清晰的声音在天空中盘旋；
这有限的语言在人类中间已被知晓，
它满足我们所过的尘世生活的需要，
并依据人类变幻无常的命运
因地区而变化或者随时代而荡然无存。
另一种，永存而高尚，包罗万象而广大无边，
是天生具有任何智慧的语言：
那并不是传播在空中的一种死气沉沉的乐声，
那是生动活泼的语言，从心灵深处历历可闻；
人们听见、解释并用心灵说着这种语言；

这真诚的语言将他们触动、照耀、点燃；
作为心灵所感觉到的一切的热情的代言人，
这语言只有悲歌、活力、激奋；
这是祈祷所说的、人世间
只有温柔的爱情才懂得的天堂的语言。
在我喜欢飞去的那纯洁的地域，
激情也来向我显示出这种言语；
在这深沉的黑夜只有激情才是我的火把，
它向我解释世界，比理智更到家。
快来吧！它是我的向导，我愿拿它供你驱使。
驾起它那火热的双翼，来吧，且听凭你心醉神迷！
世界的影子在我们的视野中已经变得模糊难辨，
我们避开时间，我们越过空间，
在现实的永恒的秩序中，
我们终于面对面地与真理相逢！

这包罗万象的星辰，没有暮色，没有晨曦，
正是上帝，正是宇宙万物，自己在崇拜自己！
上帝分明存在；一切都在他的内心深处；
宇宙、岁月，就是他无限生命的纯粹的因素；
空间就是他的住所，永恒就是他的年龄；

阳光就是他的眼神,世界就是他的面影;
整个世界在他的保护下存在;
生命永远从他的内心深处源源而来,
好像一条为这无穷尽的源泉所哺育的河一样,
脱离了他的怀抱,又回过来结束在一切开始的地方。
他那些完美的像他一样无限的产物
在出现时为这创造了万物的巨手祝福!
每当他呼吸时他就使无限的世界生机盎然;
对他来说,意愿就是实践,生存就是生产!
仅仅从他自己身上获得一切,又把一切收回去,
他最高的意志就是他最高的法律!
但这个意志,没有弱点也没有阴影,
同时意味着权力、秩序、公正、德行。
他对可能存在的一切行使着权力,如愿以偿;
虚无一步一步地出现,直到他的前方:
智慧,爱情,美丽,青春,才干,
他能不断地给予,永不疲倦,
将他珍贵的赠品无止境地献给虚无,
他竟能从末流的生命中获得神物!
但他权力的这些产儿,他手下的这些神祇,
估量着他们与他之间的永恒的距离,

出于他们的本性力求成为造物主;
他正是他们大家的归宿,只有他自己才能使他满足!

这就是,这就是人人都崇拜的上帝,
亚伯拉罕①侍奉过的上帝,毕达哥拉斯梦寐以求的上帝,
苏格拉底预言过的上帝,柏拉图模糊地预感到的上帝;
全世界向理性所显示的就是这上帝,
正义所等待的就是这上帝,厄运所盼望的就是这上帝,
基督终于来告诉人间的就是这上帝!
这再也不是那个人造的上帝,
这再也不是欺骗向谬误所解释的那个上帝,
这再也不是被我们轻信的祖先战战兢兢地膜拜不已、被虚伪的教士的手毁损了面容的那个上帝。
他独一无二,浑然一体,公正不偏,宽厚仁慈;
大地看见他的作品,天空知道他的名字!

---

① 亚伯拉罕,希伯来人的祖先;犹太教、基督教、伊斯兰教这三种一神教所推崇的古代圣人。

啊,认识他的人多么幸福!崇拜他的人更加幸福!
当人们对他不是侮辱就是不屑一顾,
那位自迎着黑夜明灯的虔诚的光芒,
出现在信仰将他引入的神圣的殿堂,
当着他的面犹如香一样燃起自己的灵魂,
并因热爱与感激而化为灰烬的人多么幸运!
但为了达到他的境界,我们沮丧的心灵
必须从上帝那儿获得他的力量与德行。
必须驾起火焰般的双翼飞向天堂:
想望与热爱就是灵魂的翅膀。

啊!在人们朝气蓬勃,刚刚逃出他的掌心,
终因光阴流逝而接近上帝,因清白无辜而更加接近。
和他一起交谈,当着他的面前进的时代,
我为什么竟没有生下来?
我为什么竟没有看见他那第一道阳光下的世界?
我为什么竟没有听出他第一次苏醒时人类的喜悦?
一切都向他谈起你,你自己也向他侃侃而谈;
整个世界都表现出你至高无上的尊严;
大自然摆脱了造物主的控制,
向四面八方展示着创世主的名字;

这名字,从此以后藏在生了锈的岁月下,
向你的产物发出更加灿烂的光华;
人类在过去仅仅起始于你;
他们祈求自己的父亲,你透露出"那正是我"的意思。

承你的话语使他们长久地像孩子一样得到教育,
你久已想牵着手引导他们向前走去。
你从你的光荣中曾多少次出现在他们的面前,
出现在示拿的幽谷中[1],出现在麦比拉[2]的橡树林间,
出现在何烈山[3]的荆棘丛中或摩西向希伯来人宣讲
他那最崇高的戒律的庄严的顶峰上!
雅各[4]的那些孩子,人类最初的娃娃;
四十年里曾从你的手中获得吗哪[5];
你用你活生生的神谕打动他们的心灵!

---

[1] 据《圣经·创世记》,大洪水后人们拟在巴比伦的示拿建造"塔顶通天"的巴别塔,因上帝变乱其语言,使之互不相通,塔未能建成而人类终于分散到世界各地。
[2] 据《圣经·创世记》,麦比拉系希伯来人的祖先亚伯拉罕的住地。
[3] 何烈山,即西奈山,据《圣经·出埃及记》,上帝在此向摩西显灵,并赐给他十诫。
[4] 雅各,又名以色列,以色列人传统以他为本民族的祖先。
[5] 据《圣经》,吗哪系古以色列人在旷野四十年里所获得的神赐食物。

你通过圣迹的声音向他们的眼睛透露真情!
当他们忘记你的时候,你下凡的天使
纷纷唤起他们发狂的心对你的回忆!
但宛如远离源头的河流一般,
这如此纯真的记忆在自己的行程中终于改变!
时间那昏沉沉的黑夜
使这年深日久的星辰逐渐失去夺目的光彩;
你停止讲话;遗忘,那光阴的巨手,磨损了将痕迹
留在你的产物中的这伟大的名字;
年华在流逝中使信仰变得暗淡;
人类竟把怀疑插在世界与你之间。

是的,上帝啊,这世界对你的光荣来说已经过时;
它已经失去你的名字、你的脚印和对你的记忆,
为了重新获得它们,在世界的发展中,我们必须
逆着岁月的长河逐浪地追溯而去!
啊,大自然!苍天!眼睛白白地将你们凝望;
唉!看不见上帝,人类竟赞赏圣堂,
在天国的荒漠中,人类竟徒然地观察与目送
那无数太阳的神秘的运动!
领导那些太阳的巨手,人类竟再也认不出来!

永恒的奇才居然不再是奇才!
那些太阳既然昨天发光,明天就依然会发光!
可有谁知道它们光荣的道路开始于何方?
这火炬光芒四射而又孕育一切,
可有谁知道它是不是第一回出现于世界?
我们的祖先并没有看见它第一次环行发出的光焰,
永无止境的岁月也并没有第一天。

在精神世界上,你上帝的意志
只是白白地将你的存在显示在这巨大的变化里!
人类的帝国在你的游戏中
变换于王位间,更迭于手腕上,不过是一场空;
我们这看腻了人类帝国的盛衰兴亡的双眼
对你的光荣已经形成无动于衷的习惯;
岁月对命运那些猛烈的打击已经尝够了滋味:
表演已经过时,麻木的人类正酣然入睡。
唤醒我们吧,伟大的上帝! 说吧,让世界发生变化;
让虚无听见你影响深远的话。
是时候了! 起来吧! 请结束这长久的休息;
请从这又一片混沌中引出另一个天地。
我们昏昏沉沉的眼睛需要别样的景致!

我们动摇不定的灵魂需要别样的奇迹!
这不再对我们透露真情的天国的秩序,你可得改变!
请将一片新的阳光射向我们昏乱的双眼!
请摧毁这与你的光荣不相称的陈旧的宫殿!
来吧!请露出你本身的面貌,请迫使我们坚守信念!

但在太阳从荒凉的天国里一旦
停止照耀宇宙的时候之前,
这精神上的太阳那黯然失色的光芒
也许就会逐渐地停止照耀思想;
而看见这伟大的火炬归于毁灭的那一天
也许就会把整个世界打入永无止境的黑夜的深渊。

到那时你将打碎你无用的产物!
这被摧毁的产物的残余将世世代代地重述:
"只有我在!除了我,任何事物的继续存在都不可能!
人类停止了信仰,也就停止了生存!"

秋[*]

你好!枝头依然留着残绿的树丛!
纷纷飘落在草地上的黄叶!
你好,迟暮的美景良辰!大自然的悲痛
正与我的忧伤相宜,让我看了感到欣悦!

我沿着荒僻的山间小路一边漫步一边遐想,
我真喜欢最后一遍再看一看
这黯然失色的太阳,它那微弱的余光
在我跟前几乎穿不透林间的昏暗!

是的,在这大自然气息奄奄的秋日里,

---

[*] 此诗可能作于一八一五年十月,改定于一八一九年末。——原编者注

我竟从它那无神的眼光中发现更多的妖娆,
这正是一位朋友的告别,这正是即将因与世长辞
而永远合起的双唇上最后的微笑!

所以,虽然因痛惜我漫长岁月中失去踪影的希望
而打定主意放弃人生的前途,
但我依然回过头来,以羡慕的目光
凝视我还没有享受到的人生的幸福!

啊,大地,太阳,幽谷,秀丽而温存的自然界,
临近我的墓园,我真得向你们洒一番热泪;
清风竟如此芳香!夕照竟如此纯洁!
在一个行将就木的人看来,斜阳竟如此优美!

我恨不得这会儿就喝光
这混合着仙露与胆汁的苦酒!
在这让我饱尝人生艰辛的酒杯底上,
也许还有一滴蜂蜜留在里头?

也许未来还会让我重温
那已经失去希望的幸福的梦境?

也许在茫茫人海中,还有个我素昧平生的人
能理解我的隐衷并向我发出共鸣?……

花朵在凋谢时向微风献出自己的清芬;
这意味着此刻花朵正向生命告别,向太阳告别;
我也不久于人世;在这一息尚存之际,我的灵魂
也吐露出衷曲,宛如一阵凄切缠绵的音乐。

新沉思集

1823

缪斯啊,整个世界都一心念着朱庇特!①

——维吉尔

---

① 此系维吉尔《牧歌集》第三首诗第六十行的结尾,其开头被引用为《沉思集》的卷首题词。——原编者注

上帝的意旨*

——致路易·德·维涅

这使我们精力衰竭的神圣的火焰
宛如一位不谨慎的放羊娃
在幽深的森林的边缘
燃起的那冒失的火花:
只要没有一阵风将它唤醒,
这谦恭的炉火就隐藏起来,坠入梦境;
但假如它吸入劲风,
这变得迟钝的火苗
就突然往上冲,又往外乱跳;
熊熊的烈火将无边的天际照得通红!

---

* 此诗起稿于一八二一年夏或秋,一八二二年誊清于马孔。——原编者注

啊,我的灵魂,这意外的一阵风
将来自何处的海岸?
它可是产生于雷雨的鼓动?
还是几乎听不见的长吁短叹?
它可像温柔的和风一样来临,
轻轻地抚扪我的竖琴,
犹如抚扪一朵鲜花?
还是将我这因痛苦发出凄厉的呼喊
而呜咽的琴弦打断
在它那双颤抖的翅膀下?

请从西方或东方来!
按照美妙或可怕的命运的愿望,
向你恳求的宽宏大量的心怀
全不顾痛苦或死亡!
对渴望和谐的心
天才的代价又有什么要紧?
这代价若是死,那就得与世长辞! ……
听说俄耳甫斯[1]的嘴

---

[1] 俄耳甫斯,希腊神话中善弹竖琴的歌手。

凭借感到压抑的埃布罗河[1]的流水
发出一片永无休止的叹息!

但无论一个人死去或者生存,
每每背离我们的希冀,
神灵都仅仅按自己的方式出声
并永远也不停止!
让我们为他准备天真无邪的眼神、
毫无污迹的容颜与纯洁的双唇,
就像在圣地的周围,
儿童与戴面纱的姑娘
在上帝即将走过的道路上
撒满摘去绿叶的玫瑰!

从那目睹过神灵露面的岸边逃遁,
古代叶忒罗[2]的羊倌
有一天曾看见有位神秘的外族人
出现在自己的面前;

---

[1] 埃布罗河,在西班牙。
[2] 叶忒罗,《圣经·旧约》所载米甸地方的基尼人祭司。原稿此处似有误,作者后来改为"拉班"。拉班,雅各的舅父。

黑暗中,他那双大眼睛
放射出淡淡的光明,
他的脚步将山谷动摇;
他的胸膛里充满了怒气,
他鼻孔里的气息
仿佛劲风一样呼啸!

在可怕的沉默中
他们彼此打量了片刻;
突然互相向对方猛冲,
感到同样怒不可遏:
他们屈起威胁的臂膀,
头颅在打架,肢体在叫嚷,
他们的胁部互相压迫;
仿佛连根拔起的橡树,
他们的躯干摇个不住,
渐渐弯下腰去,膝盖交错!

他们双双转入搏斗,
雅各终于被打垮,
一阵踉跄,倒了下去,跌倒的时候

把天使也拖得倒下：
心儿因害怕与狂怒而急速地跳动，
从天国斗士的双臂中
牧羊人突然脱出身来，
将他推倒，将他紧逼，将他制服，
并向他那充满羞耻的胸部
压上一只胜利的膝盖！

但在自己所压倒的斗士身上，
雅各并不稳固，
他感到自己的胸膛
也被天国敌手的脚压住！……
总之，自从黄昏与黑暗做斗争
那阴暗的时分，
一会儿失败，一会儿胜利，
和自己并不了解的这个敌手
他一直斗到天明也不肯罢休……
而这正是上帝的意旨！

唉！人类，常常误入歧途，
笼罩着疑惑的阴影，

偏偏总这样为自己开辟道路,
总希望顶风航行;
但在这失去理智的斗争中,
我们被与之较量的风
所压垮的翅膀
转眼间就坠落在地,吁吁直喘,
好像鼓不起的帆
顺着桅杆落下,再也动不了一样。

让我们等待无声的安宁里
那至高无上的气息;
我们自己仅仅是音调优美的乐器,
此外没有任何意义!
上帝的手指一旦离去,
让我们保持沉默不语,
仿佛汇集了内心神圣的激情的竖琴一般,
直到那强有力的手
拨动微微颤抖
又安息着神奇的和音的琴弦!

波拿巴 *

从被发出哀声的波涛所冲击的礁石上,
船夫远远望见那被大海所抛弃的船的近旁
有座坟墓在海岸上显出苍白的形象,
岁月还不曾磨光那狭窄的墓碑,
透过绿荫如盖的常春藤与树莓,
  他辨认出……一根断裂的权杖!

这里长眠着……竟没有名字!……请问问大地!
这名字吗?它已经以血迹斑斑的文字
刻向塔纳伊斯河边①,刻向塞达山的顶峰②、

---

* 拿破仑于一八二一年五月五日去世。数周后,拉马丁在埃克斯方闻此讯,但直到一八二三年始作此诗。——原编者注
① 塔纳伊斯河,顿河的古名。
② 塞达,阿拉伯半岛中部岩石地带城市名,然此城并无塞达山。

刻向青铜与大理石雕像,刻向勇士们的内心深处,
一直刻向那一群群在他的车驾下受过欺侮、
　　打过哆嗦的奴隶的心中。

自那两个伟大的名字①从一个世纪传向下一个世纪,
人世间每一种语言都在颂扬的名字
凭借雷电的翅膀从来没有飞得这么远。
从来没有哪个人的这只连一阵风
都能卷去的脚在世界上印下过更加不可磨灭的遗踪,
　　可那只脚正是在这里止步不前!……

他正在这里!……有个孩子估量他就在三步之下!
他的幽灵甚至不轻轻地说句话!
敌人的脚竟心安理得地将他的灵柩蹂躏!
小苍蝇在这张令人惊恐的脸上嗡嗡作响,
他的幽灵听见的只是波浪
　　冲击礁石的单调的声音!

可是,依然不安的幽灵啊,请别怕

---

① 指凯撒与亚历山大。

我来将你无声的尊严践踏。
不。诗情从来不曾将坟墓损害。
死亡是任何时代的荣誉的藏身之地。
任何事物直到现在都不可能追求记忆。

  任何事物!……除了真理以外!

你的坟墓与摇篮都被一片阴云所笼罩,
但你却像闪电一样摆脱了风暴!
你在获得名声之前就击倒了世界!
如同这条听任孟斐斯[①]痛饮它的滚滚波涛的尼罗河
在获得名字之前就让自己的洪波
  在门农[②]的寂寞中流泻。

偶像倒了,宝座显得空荡荡;
胜利使你驾起它那飞速的翅膀;
光荣使你君临布鲁图的民族!
这浪花在奔腾中卷走

---

① 孟斐斯,埃及古王国都城,位于尼罗河西岸,其墓地有埃及著名的金字塔狮身人面像。
② 门农,希腊神话中提托诺斯和黎明女神厄俄斯的儿子,埃塞俄比亚国王。

习俗、国王、偶像……的时代竟被推向自己的源头,
　　在你的面前退后了一步!

你反对谬误,全不顾及众多的世人;
你像骄傲的雅各一样同幽灵做斗争!
那幽灵终于在人的力量下一败涂地!
崇高的渎神者啊,你对那所有的英名竟不屑一顾,
犹如犯罪的手与祭台上的圣器比个胜负,
　　你居然与那些英名比个高低。

因此,在无能为力的狂热的冲动中,
当陈旧的时代向自己的囚笼
发出自由的呐喊又亲手扯破衣襟,
一位英雄突然从尘埃中出现
并用权杖打它……它觉醒了,梦幻
　　顿时在真理面前降临!

啊!那有多好,假如向它合法的手里归还那权杖,
把国王的牺牲品放在你的大盾上,
你的手早就洗去神圣的头带上的耻辱!
啊,国王中复仇的战士,你比那些国王本身更高贵,

历史会把何等纯洁的王冠与何等神奇的芳菲
　　　带给你的头颅!

啊,光荣! 美誉! 自由! 人类所热爱的这些字眼
一度为你而回荡,宛如那远处不断
响起姗姗来迟的回声的洪亮的钟鸣:
你那徒然被这种语言所激动的耳朵在世上
当时只懂得利剑的喧嚷
　　　与军号雄壮的和音!

你睥睨一切,人间所仰慕的,你都投以白眼,
你向世界索取的仅仅是统治权!
你阔步前进!……任何障碍都是你的仇敌!
你的意志就像那支即使刺穿
一颗友好的心也要击中以目光为向导的目标的急箭
　　　一样飞驰!

筵席的酒杯从未向你倾注过兴奋
来驱除你国王的愁闷,
你的眼睛总爱为又一个帝位而陶醉不已!
犹如荷枪站岗值夜的哨兵,

你看见美人的泪痕或笑影，
　　　居然没有笑容也没有叹息！

你喜欢的只是利剑的呼啸，只是警报的喧哗！
只是曙色照在武器上的闪闪发亮的光华！
当马蹄踏碎了利刃，
当苍白的马鬃那起伏的波浪
像一阵风似的在血腥的尘埃中来来往往，
　　　你的手只把你轻盈的战马抚扪！

你提高了威望竟毫无乐趣，你失败了竟毫无怨言！
没有什么人不曾在你厚厚的甲胄下一筹莫展；
没有恨也没有爱，你活着只为了追求；
就像任意翱翔于寂寞的天空中的雄鹰一样，
你只有估量世界的目光，
　　　只有拥抱世界的双手！
…………
驾起胜利的战车仅仅一跃就冲向前列，
压倒因自己的荣誉而显得光彩夺目的世界，
以同一只脚践踏那些国王与护民官；
锻造从爱与恨中经受过锤炼的桎梏，

迫使逃避铁蹄统治的民族
　　在奴役他们的约束下打战!

成为整个时代的生命与思想,
使匕首不再锋利,使嫉妒失去胆量;
使犹豫不决的世界感动而变得更加坚定,
无数次与神灵相抗衡,借着你隆隆作响的雷电
那阴森可怖的闪光拿世界的命运去冒险,
　　啊,多美的梦!!! 而这正是你的天命!⋯⋯

然而你竟从这超尘拔俗的顶点坠向深渊!
被风暴抛向那荒无人烟的悬岩,
你发现你的敌人竟把你的皇袍撕碎!
而命运,你的勇敢所崇拜的那唯一对象,
竟在宝座与坟墓之间给了你这个地方
　　作为最后的恩惠!

啊! 当对你往日的威严的回忆
像悔恨一样来无声地纠缠着你,
当你把双臂交叉在你宽阔的胸膛上,
恐惧宛如黑暗一般
从你惯于思考的光秃秃的头颅上消散,

> 谁还会来指点我从这里探测你的思想!

犹如站在高高的河岸上的牧人
远远望见自己的影子在水上延伸
并漂浮着追随翻腾不已的大河的流泻;
仿佛再度寻找你自己,从往昔的影子中,
从你至高无上的威严那荒凉的顶峰,
  你唤回你旧时的岁月!

岁月在你面前流逝,宛如壮阔的波澜,
你亲眼看见那些浪峰在大海上金光闪闪,
你亲耳听见它们悦耳的歌声!
每一道波浪都反映出荣誉的光芒,
使你容光焕发,都给你带来光辉的形象,
  让你久久目送它的奔腾!

那时,你在摇摇欲坠的桥上向雷电挑战![1]
那时,你唤醒神圣的荒漠的硝烟![2]

---

[1] 影射阿尔科勒桥。阿尔科勒,意大利维洛那省市镇;一七九六年十一月十五至十七日,拿破仑于此胜奥军。
[2] 影射埃及战役。

你的骏马战栗在约旦河的波涛中![1]
那时,你高踞在峻峭的顶峰上![2]
那时,你将一把无敌的利剑变成权杖![3]
  如今……可突然又是何等的惊恐?

你为什么移开你发狂的目光?
你脸上显出的这种苍白又来自何方?
你从往日的恐怖中忽然发现了什么事物?
是一座城市在滚滚浓烟中沦为废墟?
还是某片原野下起人血的骤雨?
  然而荣誉使一切都变得模糊。

荣誉抹去了一切!……除了杀人罪外,一切都已消失!
可它的手指偏偏向我指出一个牺牲品的遗体;

---

[1] 影射叙利亚战役。
[2] 影射越过阿尔卑斯山。
[3] 影射教皇为拿破仑举行的加冕礼。

一位小伙子①！一位英雄，倒在纯洁的血泊里！
把他带来的波浪在流逝，不断地流逝；
这复仇的波涛在流逝中却一直
  向它喊出孔代这个姓氏！……

我看见它那敏捷的手擦过它的脸，
仿佛为了抹去青灰色的斑点；
但这血迹又在它的手指下出现！
犹如至高无上的手打下的烙印一样，
这不可磨灭的血斑将它的重罪装点在它的头上，
  就像王冠一般！

正由于这件事，啊，暴君，你黯然失色的荣誉
将使人因你的重罪而对你的天才产生疑虑！
血迹将到处跟随在你的战车后面！
你的名字这永无休止的暴风雨所嘲弄的对象
将世世代代地被未来摇荡

---

① 指当甘公爵（1772—1804），法国波旁公爵的独生子，孔代大家族的后裔。拿破仑据假情报怀疑他谋反，在德国领土上劫持了他，经过一番假装的审判，将他处决于万森。这件事表明拿破仑与保王党人最后的决裂。

在马略①与凯撒之间!

……………

然而你却死得平庸无奇,
好像一个收割者去领自己的工资,
在得到报酬之前先枕着镰刀安息!
你临死时居然让利剑紧靠在你的大腿上,
居然去向当初派遣你的神要求补偿
  或公正的处理!

听说在他弥留之际那最后的日子里,
面对着来生单独与他的守护神在一起,
他的目光似乎向苍天流露出嫌怨!
十字架碰了他那恶狠狠的脸!……
甚至有人听见他的嘴边
  响起一个名字!……只是他没敢说完!

---

① 马略(约前15—前86),罗马共和国后期进入贵族统治阶层的人物,由于没有受过上层阶级通常接受的希腊教育,缺乏敏锐的政治眼光,不擅长在公众面前演讲,又性喜迷信,尽管勇猛顽强,用兵如神,具有睥睨一切的雄心,并立下汗马功劳,却无法迫使贵族社会对他敞开大门。

说完吧……正是神在统治,正是神在加冕!
正是神在宽恕,正是神在惩办!
对于那些英雄和我们,神自有不同的秤砣!
毫无恐惧地向神透露真情吧! 对你只有神才能
　理解!
暴君与奴隶都要还一笔债,
　　一个是权杖,另一个是枷锁!

…………

他的灵柩终于盖上! 上帝对他做出了判决! 别作声!
他的罪孽与功勋在天平上都很沉:
但愿软弱的人们的手不再碰这天平!
上帝啊,谁能探测你无限的宽大?
至于你,上帝的灾难! 谁知道才华
　　不是一种德行! ……①

---

① 在一八四九年的注释中,拉马丁将末两行改为:

"至于你们,大众啊,请意识到并不构成
德行的才华那空幻的价值。"

蝴 蝶*

随着春天来到人间,随着玫瑰消失影踪,
驾起和风的翅膀在晴空中翻飞,
摇曳在初放的鲜花的怀抱中,
因芬芳、阳光与碧空而陶醉,
趁着青春年少,抖去双翼上的香粉,
像一阵风似的向永恒的苍穹飞腾,
这就是蝴蝶令人喜悦的前途!
它宛如愿望一样,永不停落,
又并不称心如意,从任何事物身上掠过,
终于回到天上去寻找精神上的满足!

---

* 此诗作于一八二三年五月。——原编者注

悲　哀*

我总在念叨,请把我带回到幸运的海岸,
那里,那不勒斯从一片蔚蓝色的大海中
反照出它那完美无缺的星辰,它的山坡,它的宫殿,
那里,橙树的鲜花开向永远晴朗的天空。
你还耽搁什么呢？我们这就走吧！我要再看一看
从大海深处突兀而起的燃烧的维苏威火山,
我要看曙光从它的高地上升起;
我要引着我爱慕的女子的足迹,
在遐想中走下那秀丽的山坡;
请跟着我走在那平静的海湾的弯弯曲曲的路上;
让我们回到那如此熟悉我们的脚步声的岸边,
回到森蒂的花园中,回到维吉尔的墓园里,

---

* 据原编者的注释,此诗可能因想起格拉齐拉而获得灵感。

回到维纳斯神殿那分散的遗址旁:
那里,在橙树下,在开满鲜花的葡萄树下,
葡萄那柔顺的藤蔓与爱神木结了婚,
又在你的头上以鲜花编织出一道拱门,
迎着轻柔的波涛声或海风的细语声,
只有我们伴着爱情,只有我们伴着大自然,
生活与阳光就会显示出更多的温存。

我这渐渐黯然失色的火炬日趋衰竭,
它在厄运的气息下逐步地熄灭,
或者,假如它偶尔发出一缕微弱的闪光的话,
那是正当对你的回忆在我的心头重新点燃了它;
我不知道神灵是否会终于允许我
在人世间结束我艰难的生活。
我的视野被挡住了,而我游移不定的目光
又几乎不敢把眼界扩展到一年以外的远方。

  但假如必须在早晨死去,
假如必须让命运似乎为我用玫瑰
  像花冠一样装饰起来的这只酒杯
  从我的手里
落向一片为幸福而保留的土地,

我就向神灵仅仅请求把我的脚印
一直引到因对你的珍贵的记忆而显得更美的岸边，
仅仅请求从远处向这幸运的地区致敬
并在曾经让我领略过生活的欢乐的地方离开人间。

清　静*

啊,离开这世间的小径,
走向荒漠的近旁藏起自己的脚印,
抖去不值一顾的世界的灰尘,
还活着就抹去自己在世上的印痕,
终于沉浸在清静中,忘却万物
而又充满希望的人是多么幸福!
犹如飞翔在空中的那些纯洁的精灵,
那飘然而过的阴影与变化不定
而又永远戒备森严的命运的沉静的旁观者,
他目送着自己从中走了下来的这辆马车!……
他从变幻无常的波浪上看见

---

* 一八二二年,拉马丁从汝拉山顶看到阿尔卑斯山与莱芒湖,触景生情,乃作此诗。——原编者注

激情以动荡不安的风鼓起人类的帆。
但这变化万千的风再也打不乱他的安宁;
他对永远不变的上帝满怀信心;
他爱凝望上帝最大胆独创的作品,
那些战胜了风暴、雷电与岁月的山岭,
在重峦叠嶂那庄严的群体中与那稳固中
这上帝刻下了自己的力量与无始无终。
这时,因一道曙光而激动,
被东方所染红的群山那火烧似的顶峰
仿佛黑夜里亮了起来的天上的灯塔一般
从隐去的黑暗中光芒四射地突然显现,
他向前奔去,越过高山远远地抛向
自己广阔的根上的那些秀丽的山冈,
一步一步地一直走到山坡的暗处,
在山间永存的松林下他缓步深入:
那里,只有干涸的激流的河床才是他的道路,
时而,损坏了的拱形岩石悬在他头上,危若朝露,
时而,突然停在岩石旁,
他大吃一惊,往后退却;他那发狂的目光
战战兢兢地享受这崇高的毛骨悚然,
只见深渊在他的脚下久久地盘旋!

他往上攀登,视野时刻都在扩大;
他往上攀登,仿佛在一片新曙光的注视下
无边的天际在他的面前不断延伸;
好像每走一步都有一个世界为他的眼睛而诞生!
直到那任凭他喜悦的目光望断长空、
自由翱翔的至高无上的顶峰。
因此,当我们的灵魂飞向自己的源头,
终于和尘世的山谷永远分手,
它的翅膀的每一次拍击都使它向天堂飞跃,
并扩大从它的双眼下展开的视野;
一个个星球的奥秘在它的飞翔下显得黯然无光,
随着不断地发现,它不停地向上,
直到神圣的高地,六翼天使的双目
从那里把无尽的眼光投向无穷的宇宙深处。

你们好,光辉的顶峰!冰雪的领地!
你们没有保留任何人的踪迹;
甚至连目光和你们相遇都惊慌失措,
你们容得了的只是雄鹰与我!
啊,最初的日子的作品,上帝自家
在你们坚实的基础上加固的庄严的金字塔!

啊,自那伟大的一天起从未改变
形态与轮廓的世界的边缘!
低声埋怨的浮云白白地跑遍你们的顶点,
涨水的大河白白地划破你们的深渊,
雷电白白地打击你们结实的脸;
你们庄严的脸,片刻间变得暗淡,
像夜色一样投下昏暗的阴影将我们遮盖,
任又长又密的黑发在远处挂下来,
一直战胜那使它震动的撞击,
好像依然在向那创造了它的上帝宣告:"我在这里!"
而我,我竟独自来到这世界的边缘上!
远离这里的地方,雷电正在我脚下飞奔并轰隆作响,
那被风暴的翅膀所打败的云翳
使动荡不已的旋风像它们一样互相撞击,
如同因狂风暴雨而翻腾的又一个大西洋,
无休无止地展现在无岸的河床上,
并在这群顶峰面前迫使它们的骄气后退,
在这无边的礁石上不断地归于粉碎。
然而,当那阴郁的混沌在它脚下翻腾的时候,
太阳却以永恒的光辉环绕在它的四周:
自从太阳向天空奔去的时候起,

直到日轮向大海倾斜之际，
这星球描述着它那斜向的运行，
决不用任何阴影玷污自己的光明，
昏暗的夜幕早已从天上降临世界，
它竟依然久久地向那群顶峰告别。

这里，当我在欢乐的激流中飘荡，
我的灵魂如同我的目光展开了翅膀，
一吸入这自由的空气，
就觉得恢复了自己的平静与壮丽。
是的，在这天上的空气中，对生活的沉重的忧思，
对凡夫俗子的鄙视，对他们的憎恶或妒忌，
再也不伴随着人，再也不留下丝毫残迹：
就像毫无价值的铅一样，它们纷纷自行落地。
因此，水越是纯净，人就越难于浮在水上，
…………
他几乎带不走这世界的形象！
…………
但你分散在那些庄严的容颜中的形象，啊，上帝，
当我们向你攀登时，在我们的心目中显得高大无比！
犹如向那幽居在圣殿庇护下的教士，

每一个脚印都向孤独的灵魂显示出你:
寂静与黑夜,森林的浓荫,
纷纷向你低声地倾诉崇高的隐情;
沉浸在那非凡的景象中的灵魂
透过荒漠的声音谛听你的教训。
…………
我看见大西洋那充满恐惧的波澜,
仿佛原野上勇猛而烈性的骏马一般,
迎着你的呼声将湿淋淋的马鬃展开,
在跳跃中越过喧闹的障碍,
后来又突然退到你威力无比的控制下面,
咆哮着进入惊愕的深渊。
我看见钟情于岸边草地的大河
波涛滚滚地从一个个小树林中穿过,
潜入笼罩着绿荫与凉爽的河床,
在窃窃私语中将渔夫的小船摇荡,
我看见隆隆作响的雷电的断箭
宛如展现于水上的火蛇一般;
洋溢着蜂蜜那馥郁的香味的和风
轻轻地掠过朦胧的碧空;
白鸽擦干自己还湿淋淋的翅膀,

把一只羞怯的脚放在巢边上，
继而以有节奏的飞翔劈开天空的波澜，
怀着渴望扑向大海的岸边。
我看见这临近你所安居的天国的山岳，
这引得曙光总爱撒下玫瑰花的白雪，
从这严冬的宝藏，经过无数转弯路口，
在我们干燥的田野里增加水流，
因你而逐渐融化的许多水晶般的悬岩
纷纷前来给奄奄一息的绿丛送上水源！
这从那悬岩上倾泻而下的溪涧，
这在产生裂痕的花岗岩中隆隆作响的急湍，
这害得岁月失去胜利的山峰……
这整个大自然就是对你的荣誉的歌颂！

伊斯基亚岛*

夕阳就要把余晖带给别的世间,
菲贝①悄悄地升起在冷落的天涯,
穿入深沉的黑暗,
向夜的脸上投下透明的面纱。

请从高山顶上眺望这粼粼光波
像条火焰的河一样淹没山峦,
安息在幽谷中,或者掠过山坡,
或者从大海辉煌的深处远远飞溅。

---

* 此诗起稿于一八二〇年十月初,即拉马丁结婚数月后;似乎在一八二二年二月完稿于马孔。伊斯基亚,地中海岛名,在那不勒斯海湾。——原编者注
① 菲贝,月亮女神阿耳忒弥斯的别名。

曚昽的斜晖照在阴影里,
把天蓝色的光芒染在浅淡的暮色上,
让沐浴在柔和的夕照中的天际
在浩瀚的波涛上远远地飘荡!

对那宁静的海岸一往情深的大洋
亲吻着岸脚,让自己暴风雨般的激情平息下来,
并把那些海湾与岛屿紧紧地抱住不放,
又以潮湿的气息使它们的岸边显得凉快。

目光总爱远远地追踪
时进时退的波浪那柔顺的轮廓:
好像一位情人时而在极度兴奋中
紧逼那反抗的少女,时而又不再强迫!

仿佛正在沉睡的孩子的叹息一样婉转动人,
一阵隐隐约约的哀怨的声音在空中传播:
这可是天国那使我们的耳朵听得入迷的回声?
这可是大地与大海的爱情的悲歌?

这声音响了起来,渐渐减弱,重新出现,终于消逝,

就像一颗因快乐的重压而透不过气来的心一般，
大自然在这些良夜里似乎松了一口气，
又像我们一样对自己莫大的幸福发出了怨言！

人啊，请向这生命的激流展示你的灵魂！
请从四面八方迎接夜的魅力，
暮色促使你因爱情而感到极度兴奋；
月亮升起在天空中，并引导着你。

你可看见那遥远的火光正在山丘上颤抖？
这正是爱神之手所点亮的灯塔；
那里，坠入爱河的少女正低着头，
侧耳细听心爱的人的足音，宛如一朵羞怯的百合花！

这少女在引得她神魂颠倒的梦中
微微抬起那反映出碧空的蓝眼睛，
她的手指在六弦琴上随意拨动，
向晚风送出神秘的乐音！

"来吧！温情脉脉的寂静远远地占据了空间；
请到我身边来领略黄昏的凉快！

是时候了;远处那隐隐约约的归帆
刚刚发白,正把温和的渔夫带回来!

"从你的小船远离海岸而去的时候起,
我就整天注视你在大海上的白帆,
犹如巢中惶恐的鸽子
凝望野鸽那在天空中发白的翅膀一般!

"当你的白帆从海岸的阴影下掠过时,
我从回响的声息里听出你的嗓音,
黄昏的微风在海滩上逐渐消失,
把波涛上你那持久不息的歌声传给我听。

"当惊涛在涌起浪花的海滨隆隆作响,
我向着海上的星辰低声地呼唤你的名字,
我重新燃起她的灯火,你唯一心爱的姑娘
那温情脉脉的祈祷竟迫使朔风潜去踪迹!

"此刻人世间一切都悄然而息或一往情深:
起伏的波浪来到岸边再也不动;
茎上的花朵也已安眠,大自然本身

正在夜幕下坠入沉思,酣然入梦。

"你看!青苔已为我们铺满了谷地,
蜿蜒曲折的葡萄藤在那里俯下身去,
海水那与橙树混合在一起的气息
凭借它摘去花瓣的橙花使我的头发芬芳馥郁。

"迎着明朗的苍穹那柔和的光波,
我们将坐在茉莉花下同展歌喉,
直到那月亮沉向米塞诺[①],
在晨光中黯然失色而隐去影踪的时候。"

她唱着歌;她的歌声不时隐去影踪,
诗琴更轻地奏出的和音
那减弱的回声只向微风
送来因寂静而中断的即将消失的呻吟!

这心中充满了狂热与激动,

---

① 米塞诺,意大利岬角,那不勒斯湾西部关口,罗马帝国时的海军基地。

在这温情脉脉的时刻,迎着这迷人的星辰,
也许突然感到自己灵魂深处的美梦
在一位贞洁的美人的容颜下获得生命的人;

这在青苔上,在蔚蓝的天幕下,
在埃及无花果树跟前,伴着流水的潺潺声
盘膝而坐,迎着一片又一片朝霞,
也许对她赞叹不已的人;

这吸入她令人眷恋的芳馨,
也许感到自己由风吹起的头发正顺手抚扪
被轻轻掠过的眼睛
或摇动额上波浪般起伏的卷发的人;

这迫使转瞬即逝的韶华不再飞奔,
在这锦绣如画的地方让爱情萦绕着自己的灵魂,
也许忘却时光在这海岸上依然流逝的人,
究竟是一个人,还是一个神!……

而我们,在这郁郁葱葱的乐土的风光旖旎的山坡间,
在这原来让爱情藏起伊甸园的岸旁,

听着归于平静的波涛这低声的怨言,
迎着乐土的星辰这沉睡的光芒,

在这洋溢着幸福与生气的人世,
在这令人醉心于游目骋怀的海滨,
我们终于呼吸到这又一个世界的空气,
啊,艾莉莎[①]!……可是居然有人说应该结束生命!

---

① 玛丽-安-艾莉莎,拉马丁之妻。正是她赋予作者以灵感,诗人才写出这首诗。

杏　枝*

啊,杏树的花枝,
唉！美的象征,
人生之花正像你
一样在夏日之前开放与沉沦。

无论忽视它,还是采摘它,
从我们的头上,从爱神的手中,
它都一瓣一瓣地落下,
就像我们的快乐一天一天地失去影踪！

这短暂的快乐,但愿我们仔细品尝;

---

* 此诗在一八二一年春构思于罗马,同年六月的下半个月自巴黎寄给莱翁蒂娜·德·热努德夫人。——原编者注

但愿我们甚至与微风争夺这种喜悦；
这即将消失的一片芬芳
所给人的欢愉,但愿我们充分领略。

转瞬即逝的美往往
好像早晨的鲜花,
从宾客冰凉的头上,
在宴会之前落下。

一天隐没了,又一天紧步后尘；
春天眼看就要失去踪影；
风儿夺去的每一朵鲜花都叮嘱我们:
快快享受生活的欢情。

这些玫瑰花既然总得枯萎,
那就由它们零落吧,由它们一去不复返！
但愿这些玫瑰
只在情侣的双唇下凋残！

致艾尔＊＊＊＊

当我独自和你在一起,当你聚精会神而坠入沉思,
当我握着你的双手,坐在你的身边,
任我的灵魂耽于温柔的快感,
任我忘却的时光流逝,
当我引着你和我一起进入森林深处,
当只有你轻柔的叹息使我听得入迷,
或当我向你重复着前夜的山盟海誓,
又向你保证只将你爱慕;
当你格外幸福的动人的脸
终于靠在我这给它作支柱的颤抖不已的膝上,
当我温情脉脉的眼神依恋着你的目光,
宛如玫瑰花瓣上充满渴望的蜜蜂一般;

＊ 此诗原属《哀歌》,作于一八一五年。——原编者注

这时候常常,常常有一种朦胧的恐惧仿佛一支箭穿
　　入我的心坎;
你发现我直打哆嗦;我脸色发白,浑身发抖,
在幸福的怀抱中忽然显得局促不安,
只觉得我的灵魂为之震惊的眼泪直往下流。
你突然把我紧紧地抱在你温柔的怀里,
　　　你盘问着我,你惊慌失措,
我看见几滴泪珠迸出你的眼窝,
淌下来和我滚出的泪珠流在一起。
"你的灵魂遇到什么神秘的痛楚?"
你对我说,"啊,亲爱的情人,请吐露你的忧愁;
听了你的倾诉,我会减轻你的痛苦,
我的心会把安慰倾注到你的心头。"

别再盘问我,啊,一半的我自己!
当你紧紧地把我抱在怀里,对我说:"我爱你!"
当我向你微微抬起我这感到极度兴奋的双目,
这世界上再也没有一个人比我更幸福!
但甚至在这幸运的时刻里,
我依然不知道我听见在回荡的哪个声音
　　　正纠缠着我,并赶来将我提醒:

幸福正驾起岁月的翅膀飞逝，
我们爱情的火炬可能渐渐失去踪影！
只惊骇地一飞，我的灵魂就因充满惶恐
　　而陷入渺茫的前途，
　　我思忖：这或许会结束的幸福
　　不过是一场梦。

哀　歌*

在人生的早晨，让我们摘下，摘下这朵玫瑰花；
请至少吸一吸转瞬即逝的春天的鲜花的芳菲。
让我们听任我们的心在贞洁的快乐中沉醉；
啊，我唯一的女友，愿我们之间的爱情无际无涯！

当船夫在愤怒的波涛的打击下
看见自己不堪一击的小舟面临失事的危险，
他把目光转向他已经离开的岸边，
为时太晚地惋惜那海岸上的闲暇。
啊！这时他多么希望在他的祖先的房屋中，
在浮现于他的记忆里的心爱的对象近旁，
在默默无闻中过日子，没有危险也没有光荣，

---

* 此诗作于一八二三年。——原编者注

从来没有丢下过自己的故乡与偶像!

因岁月的重压而弯下了腰的人
就这样痛惜自己那再也回不来的美妙的青春。
"啊!还给我吧,"他说,"还我那被糟蹋的时间;
神灵啊!那时节我竟忘了享受华年。"
他说:"死神正在回答!"而他所恳求的那些神
却并没有被打动,依然把他推向荒坟,
决不允许他再俯下身去摘下
他未能采摘的那些鲜花。

　　让我们相爱吧,我心爱的女友!
让我们对那哄骗世人的关心一笑置之;
为了一阵空幻的烟那无聊的诱惑力,
他们的一半岁月,唤!都因抛弃
　　真正的幸福而尽付东流。

对他们虚妄的骄傲,我们可别羡慕;
我们且把那长久的希望留给人间的主宰!
　　至于我们,对自己的时光并不清楚,
我们得赶紧喝干人生的美酒,

趁它还在我们手中的时候。

　　我们戴上桂冠也罢,人们把我们的名字
刊在高傲的密涅瓦[1]血迹斑斑的大事记上,
刻在大理石或青铜雕像上也罢,
爱情用美人所获得的单瓣花
　　装点我们谦恭的头颅也罢,
我们都将在同一片海滩上搁浅:
　　在遭难之际,
乘在划破长空的著名的大船上
　　还是乘在宛如孤独的过客一般
　　畏畏缩缩地贴着海岸
往前走的小小的轻舟上,又有什么关系?

---

[1] 密涅瓦,古罗马宗教所崇奉的女战神。

咏　怀*

我心里喃喃自语:怎么去生活?
我可得依然去仿效人们永无止境的疯狂,
好像踩着母羊的脚印走路的羔羊一样,
把我的前人当作自己的楷模?

一个人到海上去寻求门农的宝贝,
波涛吞没了他的船与心愿;
另一个人在自己的才华所憧憬的荣誉中长眠,
因一阵虚妄的名声的回响而陶醉。

那个人利用我们的激情策划他巨大的阴谋,
制造出一个宝座,一爬上去就归于灭亡;

---

* 此诗可能作于一八二二年,原稿题名《圣诗之三》。——原编者注

这个人偏爱屈服于格外温情脉脉的罗网，
观察自己的命运凭的是美人的秋波。

懒汉在饥饿的怀抱里进入睡乡；
农夫引着自己多产的犁；
战士又打又杀，学者勤读深思；
乞丐坐在道路的边沿上。

但他们走向何处呢？他们都走向严冬的寒风往前
驱赶的黄叶纷纷归去的所在。
时光所播种与收获的这世世代代
就这样在各自不同的职业中归于凋残！

他们和时光做斗争，但时光总立于不败之地；
我看见时光把他们转瞬即逝的幽灵贪婪地吞下，
犹如大河吞没两岸的泥沙。
他们出生，他们死去：他们活过吗，上帝？

至于我，我要歌颂我所崇拜的主宰，
在都市的喧嚣中，在荒漠的寂静里，
在夕阳西下时，在曙光醒来时，

躺在海岸上,或漂向大海。

大地向我呼喊:上帝究竟是谁?
他无边无际的灵魂散布于四面八方,
他只要一步就量出世界的宽广,
太阳从他那里获得光辉;

他从虚无中取出物质,
他把宇宙建筑在空间之上,
他锁起无岸的海洋,
他一个眼神就光焰无际;

他对今天或明天都不了解,
他一贯地自己把自己创造出来,
他生活于未来犹如生活于现在,
他一挥手就召回早已流逝的岁月:

就是他!他就是上帝:但愿我亲口
把他光荣的名字向人们的后裔说上一百遍:
仿佛挂在他的祭坛上的金光闪闪的竖琴一般,
我要为他而歌唱,直到他把我化为尘土的时候……

自由,或罗马一夜*

——献给伊丽莎白·德·冯希尔公爵夫人①

好像古代的乐土那温柔的星辰一样,
在神圣的竞技场这锯齿状的围墙上,
月亮穿过纷乱的云端,
任悠远而含情脉脉的目光安静地入眠;
这给它玉石般的广阔的侧面披上白纱的光华
从常春藤飘动的下摆中间轻轻地洒下,
在围墙上勾画出一条明亮的小路:
宛如整整一个民族的坟墓,

---

* 在那不勒斯,大约一八二〇年十一月底或十二月初,拉马丁写了此诗最初的片段;一八二一年一月底至四月初在罗马小住,拟出全稿。——原编者注
① 伊丽莎白·德·冯希尔公爵夫人(1759—1824)。拉马丁一度出入于她的罗马沙龙。她与艺术界、宗教界的名流过从甚密。

墓园里,记忆在无数岁月后面游移不定,
似乎来到往昔的黑夜中寻找一个幽灵。

这里,一个又一个拱顶耸向云天,
纪念塔巍然挺立,依然令人眼花缭乱;
在这迂回曲折的迷宫里陷入迷惘的目光
从一级级台阶,从一条条柱廊,
在迤逦而行中扫视这凄凉的荒漠,
避开,攀登,又下来,重新找到路,又不知所措。
那里,仿佛在岁月的重压下垂头丧气,
遗迹把它那些倾斜的拱门纷纷放低,
突然又被撕得支离破碎,
像深渊上一座阴郁的悬岩摇摇欲坠;
或者从它壮丽的顶端那广阔的高地
一步一步地下来,直到与草地一样高低,
仿佛隐没在小山谷的花丛下的山坡一般,
来到如茵的草地上消失在我们跟前。
在阴暗的山冈那瘦骨嶙峋的斜坡上,
森林简直把根扎向穹苍;
那里,渴望不朽的常春藤
因占据人类所放弃的地方而欢腾;

从它所缠绕的那一道道墙上,与遗忘相同,
世世代代地攀向它所掩盖的顶峰。
黄杨,平静的紫杉,墓园的树木,耸起
阴郁的枝丫,颤抖不已;
挂在护壁板上的谦恭的紫罗兰
让金色的脚贴在石头的裂痕间,
在空中摆动着枯萎的长蔓,
犹如遗迹勾起甜蜜的回忆一般。
在孤独而陡峭的三角楣梢,
雄鹰向狭小的中楣挂起自己的巢:
迎着打破了它的安宁的我低沉的足音,
它发出恐惧的叫声,这叫声因无数回声而显得强劲,
它向天空冲去,又从天上飞下来,又停住,
在我的上空盘旋,使我感到恐怖。
不祥的鸟群咕咕而鸣,
飞出纪念塔的空洞,飞出门拱的阴影:
在暮色中白白地张开火红色的双眼,
黑夜这失明的恋人用翅膀拍打着墙垣,
白鸽因我冒失的脚步声而忧心忡忡,
飞下来又飞上去,栖息在柏树丛中,
停落在某个孤立的破瓮的边缘上,

连声叹息,好像流亡的灵魂一样。

风猛烈地吹向这广阔的遗迹下,
引出叹息、怒号与喧哗;
我仿佛听见岁月的急湍
在这门拱下卷起狂澜,
一天天地把人类在时光流逝中
所建立起来的一切损坏、推翻、洗劫一空。
阴晴不定的天空中的浮云
从围墙上飘过时任自己的影子在那里飞奔,
时而为我们藏起那照耀着我们的光辉,
以深沉的黑暗遮没纪念碑,
时而在一阵疾风下被扯破衣裳,
让一道苍白的亮光落在草地上,
那亮光像闪电一样,向迷乱的眼睛
显出消逝的时代这挺立的幽灵;
在蜿蜒中勾画出它这变了样的形容,
坍倒的拱形桥孔这披上绿装的拱,
它这在我们的脚步下裂开的宽阔的基础,
它这悬在空中的可怕的三角楣,
和这置于屋脊之上、像一根被风暴

所击败的桅杆那样倾斜的永存的十字架。

啊,罗马!凯撒的母亲!你原来在这里!
我喜欢藐视你分散的古迹;
我喜欢感觉到比你的记忆更强有力的光阴
一步一步地让你光荣的痕迹变得模糊不清!
人难道会嫉妒自己的作品?
我们的纪念碑难道比我们更富于生命?
在时间面前一律平等,
不,你广大的遗迹至少使我们不再因走下坡路而断魂。
我喜欢,我喜欢来到这墓园里坠入遐想,
当凄凉的月亮
宛如往昔的眼睛,在残垣断壁上飘浮,
为你的七座山丘披上苍白的轻丧服,
并以让碧蓝色显得浅淡的永远朝气蓬勃的青天
使蒂比尔①斜坡上的激流银光闪闪。
我这让夜间的飞鸟顺路掠过的竖琴
在你本身的残迹上将你呼唤,为你伤心,

---

① 蒂比尔,现名蒂沃利,意大利拉齐奥大区城镇,与罗马邻近。

又向台伯河的波涛发出一声自由的呐喊,
唉!这呐喊刚刚被回声亲自重复了一遍。

"啊,自由!被这时代所亵渎的神圣的名字,
在内心深处我对你的形象一直仰慕不已,
如同从前在埃米尔①与莱奥尼达斯②的时代,
台伯河与欧罗塔斯③河将你热爱;
当你的后裔奋起反抗专制,
你用维吉妮④的鲜血染红他们的旗帜,
或者当你那三百位不朽的战士按照你神圣
而光荣的必须服从的命令互相拥抱在一起迎接死神,
至少如同从乌里⑤开始你崇高的飞翔,
好像奔过一个个顶峰的迅疾的闪电一样,
从莱芒湖畔到阿彭策尔⑥的悬岩,

---

① 罗马执政官保罗·埃米尔,公元前二一六年在抗击迦太基侵略者的斗争中阵亡于坎尼。
② 莱奥尼达斯,斯巴达国王,公元前四八〇年在温泉关抵御波斯王泽克西斯统率的侵略大军的战斗中与三百名禁卫军一起壮烈牺牲。
③ 欧罗塔斯,现即埃夫罗塔斯,斯巴达河名。
④ 维吉妮,古罗马反抗十大执政官之一的平民姑娘,公元前四四九年其壮烈牺牲成为一场导致十大执政官垮台的革命的信号。
⑤ 乌里,瑞士联邦远古的三州之一。
⑥ 阿彭策尔,瑞士东北部历史州名,一〇七一年首见记载。

和死神一起越过退尔[1]的飞箭,
你聚集起你漂泊在高山上的后裔,
与那向他们的战场猛袭而去的洪流无异,
你永远从你建立过对道德的统治的这些田野上
对一大群压迫者进行扫荡!

"那时……可如今请宽恕我的不赞一词!
当你被可耻的放荡所辱没的名字
从特茹河[2]到埃里当河[3]使那些国王感到惊恐,
使宝座与法律纷纷倒在血泊中;
你纯洁的崇拜者,这世界上的陌生人,
从那被亵渎的崇拜中移走眼神,
发现你神圣的名字正在那暴力中凋残,
再也不提它……生怕使它遭人轻贱。
当一个傲慢的暴君像践踏
野草一样把我们踩在他沾满鲜血的脚下,

---

① 威廉·退尔,瑞士传奇英雄,为自由而斗争的象征。据传说,系十三世纪末至十四世纪初来自乌里郡比格伦地方的农民,曾被迫向放在他儿子头上的苹果射箭。
② 特茹河,又名塔霍河,伊比利亚半岛上最长的河流。
③ 埃里当河,古希腊人对波河的别称,为古罗马诗人特别是维吉尔所袭用。

真得恳求你把加图的匕首刺向他的心脏。
那时公开喊出你的名字可真恰当：
烈士的棕榈叶环绕着你的牺牲品，
直到他们的叹息，对他们来说，一切都出自罪行。
然而整个世界，拜倒在你的名声面前，
那时不是热爱就是颤抖！……这世界，今天，
正在被砸碎的枷锁声中突然惊醒。
而我究竟听见什么呼声？我究竟听见什么声音？
当你的权利赢得胜利，奴隶与暴君，
被压迫者与压迫者，纷纷为你的复仇者而献身；
毫无危险地攻击失去踪迹的专制，
他们到处追逐着它那再生的影子；
一旦凡夫俗子成了专横的人，他们就辱骂国王，
骂声盖住了真理那微弱的声响。
"然而你支配着一个热爱你的世纪，
啊，自由；你别无畏惧，你只担心你自己。
在你的战车安然奔驰的陡坡上，
我发现无数布鲁图……但凯撒到底在什么地方？"

向大海告别 *

那不勒斯,一八二二年。

请在我的小船四周喃喃低语,
啊,温柔的大海,你心爱的波涛
宛如一位忠诚的情侣,
向那富有诗意的废墟
发出永无休止的哀号。

当那橙树,那果实累累的葡萄园,
从悬岩顶上
向你深深的波澜

---

* 据原编者的注释,此诗在一八二〇年作于伊斯基亚。题下所署的"那不勒斯,一八二二年",恐有误;一八二二年,拉马丁早已离开那不勒斯。但也不排斥这种可能:此诗于一八二〇年在伊斯基亚拟出初稿,后于一八二二年改定。

投下保佑船夫的浓荫时,我多么喜欢
在你的碧波上荡漾!

在我无桨的小船中,
常常由于相信你的爱情,
好像为了让我的灵魂酣然入梦,
我随着你波浪的摇动
闭起我当天那双疲倦的眼睛

仿佛主人听任鬃子飘扬的驯良
而温顺的骏马,
你始终以你岸边的浪花
把我那不堪一击的小船推向
某个凉爽而幽静的地方。

啊!摇荡,摇荡,再摇荡,
请摇荡这最后一趟,
请摇荡这热爱你的孩子,
这孩子从幼年起
所梦想的就只是树林与海洋!

以你这优美的环境
装饰了世界、
让这里的一切互相呼应的上帝,
为了在大海上闪耀而创造了天空,
为了反映出天空而创造了大海。

在我的心目中一样纯洁的阳光
透入你清澈的波浪,
而在你辉煌的道路上
你好像用你这金黄
而又碧蓝的波涛推动着光芒。

像思想一样自由,
你粉碎了那些国王的军舰,
而在你发疯似的愤怒中,
你忠诚于驱使你向前奔腾的上帝,
只有听到他的呼声才停步不前。

无限而雄伟壮丽的图景
那被一浪又一浪地带走的目光
白白地从一片海滨到又一片海滨地追随你,

人白白地寻找你的边际,
就像永生的灵魂一样。

你雄壮而悦耳的歌喉
引得你岸边的回声发抖,
或者在把你推开的草地上,
像微风在青苔上一样
悄悄地奏起无精打采的和弦。

在我胆怯的游船下,
当屈服于这徒劳的重压的波浪
像个卑躬屈节的巨人一样
为我形成一个水上摇篮,
我多么爱你,啊,温柔的波澜!

当微风在你阴凉的山洞中
沉睡,你的沿海地带
仿佛因看见它那片森林的影子
在你这为它所赞美的怀抱里摇动
而露出笑容,我多么爱你!

当万紫千红般的花彩
迎着为它们勾勒出轮廓的风
悬挂在我的船尾上,
宛如周围盖满鲜花的奖杯一样
环绕着你的时候,我多么爱你!

当风儿轻拂着你徐徐动荡的心口,
看见你的波涛
好似美人的胸脯
在我这破浪向前的手下起伏,
是多么美妙!

来吧,来把告别的亲吻
给我这转瞬即逝的小船;
请在四周卷起一片哀声,
请再以你岸边的浪花
沾湿我的脸,沾湿我的双眼。

请让我的小船按照自己的意愿
在你动荡不已的原野上驰骋,
或者漂向古代那位女预言家的山洞,

或者漂向维吉尔的墓园：
你的每一片波浪在我的心目中都显得神圣。

在你心爱的岸上，
在爱情唤醒我的心的地方，
我的灵魂一看见它就感动，到处
都找到一个家，找到一个故乡，
找到我残存的幸福，

请任意荡漾：
在你让我漂去的某个海滩上，
每一片波浪都带给我一个形象；
你岸边的每一座悬岩
都使我回首往事或浮想联翩……

带耶稣像的十字架*

随着她的最后一息,随着她最后的辞行,
我从她那快要说不出话来的嘴巴上
接过你,啊,双倍神圣的象征,来自无力的手的赠品,
　　我的上帝的形象!

自你从一位受折磨者①的胸口
转到我瑟瑟发抖的手上,
因她的最后一息而依然微温的那神圣的时刻以后,
　　多少眼泪流在你这为我所崇拜的双脚上!

---

* 一八一七年十二月,拉马丁得到朱丽·查理病逝的消息。在这位少女临终时曾陪伴过她的凯拉夫南教士以她的名义把她的带耶稣像的十字架交给拉马丁的一位朋友,这位朋友把它带给了他。此诗起稿于一八一八年,可能完成于一八二三年春。——原编者注
① 凯拉夫南教士在恐怖时代曾被捕入狱。

神圣的火炬发出最后的光芒,
教士低声地唱起像一位妇女
向安眠的婴儿低声唱起的哀歌一样
　　　轻柔的死亡之曲。
…………
她的脸保留着她那虔诚的希望的痕迹,
在她那被一种庄严的美所打动的面容上,
短暂的痛苦留下她的标致,
　　　死亡留下她的端庄。

那轻拂着她的满头乱发的风
在我的眼前时而显出时而遮住她的容颜,
犹如人们看见翠柏的影子浮动
　　　在白色的陵墓上一般。

从灵床上挂下她的一只臂膀,
另一只胳膊无精打采地收到她的胸前,
好像依然在思索,要把救世主的形象
　　　贴在嘴上吻一吻一般。

她的双唇微微张开,要继续将它亲吻,

但她的灵魂早已向这神圣的亲吻飞翔,
宛如火焰在使它燃烧之前所吞没的一阵
   清淡的芳香。

如今她这冰凉的嘴巴上一切都归于静止,
气息在她沉睡的内心深处闭口无言,
无神的眼睛上那衰弱的眼皮
   又垂下一半。

我因突然感到一种神秘的恐惧而裹足不前,
我竟不敢走近这遗体,走近这令我热爱的她,
仿佛死亡那无声的威严
   早已使她神圣化。

我居然不敢!……但教士理解我的一声不响,
从她那冰凉的手指中拿出带耶稣像的十字架:
"这就是记忆,这就是希望:
   我的孩子,把它们带走吧!"

是的,你从此永远属于我,啊,令人断肠的遗产!
我在她那无法形容的坟墓旁种下的那棵树从那天起

已经把绿装换了七遍[1]:
  你一直没有与我分离。

放在这颗心的旁边。唉!这心头一切都荡然无存,
但你却使它不因时光流逝而走向遗忘,
我的眼睛一滴一滴地把泪痕
  印在柔软的象牙雕刻上。

啊,突然逝去的灵魂最后的密友,
来吧,留在我的心上吧,说下去吧,请告诉我
只有你才听得见它那微弱的语声的时候
  这灵魂对你谈了些什么。

在沉思的灵魂往我们眼上厚厚的面纱下藏起影踪,
退却而迈步与我们冷漠的感觉悬隔,
对最后的离别无动于衷
  这令人疑惑的时刻;

---

[1] 此诗完稿于一八二三年,朱丽·查理病逝于一八一七年十二月十八日。

当我们的灵魂悬在生存与无法预料的死亡之间,
仿佛因自己的重量从枝头
落下的果子,面对坟墓的黑暗
  每喘一口气都瑟瑟发抖;

当垂死者面临弥留之际的逼近,
像最后的朋友一样从唇间发出的歌声
与呜咽那模糊不清的谐音
  再也唤不醒我们沉睡的灵魂;

为了向上帝扶起她那沮丧的目光,
为了消除这狭窄通道上的恐惧,
神圣的安慰者啊,我们亲吻着你的形象,
  请回答!你向她倾吐了什么衷曲?

你知道,你知道她受了多少折磨!在那可怕的夜间,
你白白祈祷,从黄昏直到早晨,
你不同寻常的泪水都在浇灌
  神圣的油橄榄树的根!

从十字架上,你的目光探测过那重大的秘密,

你看见你满面泪痕的母亲与一身孝服的大自然，
你往这个世界上丢下你灵柩中的遗体
　　与你那些像我们一样的侣伴！

但愿我的衰弱得到许可
以这死神的名义在你怀里发出这痛苦的叹息：
我的那一刻一旦来临，请记住你的那一刻，
　　啊，知道她受了多少折磨的你！

弥留之际她的嘴贴着你的脚说出一声
不可挽回的永别的那个地方，我得去寻找，
她的灵魂一定会来引导我这彷徨不定的灵魂
　　投入同一个上帝的怀抱！

啊！但愿到那时，在我的灵床旁，
又悲伤又冷静，像泪流满面的天使一般，
一张充满痛苦的脸从我的嘴巴上
　　接过这神圣的遗产！

请保持她最后的足迹，请迷住她最后的时辰，
啊，希望与爱情的神圣的证据，

从远离的人到逗留的人,
  但愿你就这样依次传下去!

直到穿过死去的人们那阴暗的拱顶,
一个声音在天国里向他们呼喊了七遍,
终于同时唤醒
  在永恒的十字架下长眠的人们的那一天!

幻　象*

你呀,你安慰着即将消失的日子里的大自然,
出现吧,黑夜的火炬,请升向天空;
请在我周围把神秘的一天
那朦胧的光芒照向暗淡的叶丛!
所有不幸的人都热爱你的光明;
这个日子的灿烂的光辉驱散了他们的痛苦:
他们在太阳的目光下合上了眼睛,
在你面前重又张开泪汪汪的双目。

来吧,来把我的足迹引向墓园,
在那里,你减弱了光辉,

---

* 此诗原稿已佚。据原编者在注释中说,写作日期与思想,此诗与《带耶稣像的十字架》同。

在那里,每个夜晚
我都为一个几乎被遗忘的神圣的名字而下跪。
怎么!基石竟推开我的膝盖!……
我明白了!……是的!脚步声正从青苔上传来!
一阵轻微的气息发出了低声的埋怨;
我的眼睛模糊了,我摇晃了一下:
不,不,这不再是你;这是她,
她的目光打动了我的心弦!……

这正是你吗?正是向你当初的情人
弯下腰来的你?
说吧;但愿你神圣的双唇
只吐出一个字。
这句话,你总亲口悄悄地说出,
直到死神在你凄凉的床上飞舞,
突然打断你的低语。
她的嘴巴开始……啊!我不再疑虑:
是的,正是你!这并不是一场梦!
啊,天使,我终于与她重逢!……

热烈的祈祷就这样冲破

地狱与天堂!

你的灵魂已经越过

分隔两个世界的屏障!

啊,派她下凡的上帝,光荣归于你的英名!

你的恩惠使我有幸

看见我的眼睛一直在寻找的所爱。

你要什么?我可得向这个世界告别?

瞧,我现在

向你献出我所有的岁月!

怎么!幽灵居然已经随着这道光辉远走高飞!

居然只有一句话来报答一个世纪的眼泪!

完了吗?……够了!啊,我歌颂过的星星,

你难得像航行在云雾的大海上的巨船一般

冲破你凄惨的黑暗,

来到我们的地带这暴风雨的帝国也罢;

你在晴朗的青天中继续赶你的路,

从这保佑你的光明的美丽的长空下

以早晨的色彩把山坡染得一片金黄也罢;

你银色的光辉荡漾在平静的大海上,

往安宁的海面染上你的光芒,

在波涛间纷纷破碎也罢,
我都将因此永远赞美你这虔诚的光明!

爱情之歌[*]

那不勒斯,一八二二年。

啊,我的竖琴,假如你曾比得上
穿过树丛的和风的翅膀
　　那轻柔的微震,
或抚扪那两岸时喃喃低语的涟漪,
或哀怨的鸽子在河边游戏时
　　发出的咕咕叫声;

假如像那因一阵幸福的风而活跃的芦苇一般,
你的琴弦迸发出那崇高的语言,
　　透露出脉脉含情的天使
在只有灵魂才飞得去的纯洁的仙乡

---

[*] 此诗在一八二〇年作于伊斯基亚,可能改定于一八二二年。——原编者注

像眼睛对眼睛说话一样不用话语互相谈论的天堂
　　那神圣的秘密；

假如你美妙的歌喉那柔顺的和声，
把一个因爱情的气息而喜悦的灵魂
　　轻轻地抚摸，
又在朦胧的形象上从容不迫地摇荡它，
宛如天上的风在鲜红的阳光下
　　吹得云朵飘然而过：

当我的情侣在花丛中安眠，
我的歌喉也许会低声地在她的耳边
　　发出悲歌与和音，
这悲歌与和音像她的眼神使我陷入的狂喜那么纯真，
像难以形容的彼岸的梦给我们带来的乐声
　　那么悦耳动听！

我也许会说，啊，我唯一的光明，请睁开你的双眼！
让我，让我透过你的眼帘
　　看出我的生命与你的爱情！
你这因爱情而忧郁的目光

对我的灵魂比天堂的第一道光芒
　　对失明的眼睛更可亲。
…………
她的一只胳膊屈起在脖子下,脖子压着这只臂膀,
另一只胳膊无力地落在她美丽的脸上,
　　半遮着这张脸:
为了酣然入梦,白色的斑鸠就这样弯起
它那晶莹洁白的脖子,并让自己的翅子
　　盖住沉睡的眼!

她喘息的心中那轻柔的呻吟
与不断发出悦耳的叹息的波涛那哀怨的声音
　　交织在一处;
她那被和风微微吹起的睫毛的阴影
就像一个从她眼前掠过的梦的幽灵
　　一样轻盈地飘浮!
…………
你睡得多么香,啊,圣洁的少女!我纯真的姑娘!
你的胸脯就像均匀的水流一样
　　带着长长的叹息起伏不已!
因月光而披上白色轻纱的两股波涛

随着不再轻柔的运动相继来到，
　　窃窃私语，逐渐消失！

让我从这鲜红的双唇上
吸这芳香的气息！……我干什么了？你竟离开了
　睡乡；
　　　朦胧的蓝天
悄悄地来寻找你羞怯的眼睛，
但你，你温柔的目光，注视着光明，
　　寻找的只是我的双眼！

啊！但愿我们的目光长久相随，不断伸展，
好像两道纯洁的光辉融成一片，
　　又从对方的心坎上
让摇曳的火光相继升腾，
只有爱情的眼神才能给灵魂
　　带来这心中的阳光！

直到你眼角的泪珠
以它游移不定的阴影把你的光明遮住，
　　流出来充满你的眼眶，

就像你看见,当可爱的曙光苏醒时,
早晨那被曙光吸引并染红的泪花在天际
　　　遮住了曙光。
…………
向我说吧!让你的话语感动我吧!
你嘴上说的每一句话
都是悦耳动听的回响!
我的耳边一失去你的声音,
我的灵魂就发生共鸣,就苏醒,
宛如响起诸神的声音的圣殿一样!

一口气,一句话,然后默不作声,
这就够了:我的灵魂
走在不连贯的语意前面,
理解你转瞬即逝的声音,
仿佛岸上的草坪
理解波浪的私语一般。

从你嘴上消失的一个声音,
一阵呻吟,一丝笑影,
我的心什么都听得见,毫不困难:

好像把竖琴轻轻抚扪，
这阵微风本身
就成了令人陶醉的和弦！
…………

为什么总在你的绿云下向我藏起你的倩影？
且让我这妒忌的手指拨开你这片云鬟：
令我眼花缭乱的魅力啊，你莫非由于美而羞得脸红？
曙光像你一样让它那些玫瑰遮住自己的容颜。
啊，腼腆！天上的羞耻！神秘的本能，
谁发出最多的光辉，谁往往就对自己格外遮掩；
好像美人，这神奇的形象，
　　只是为了天堂才出落得秀丽绝伦！

你的双眼就是两股活的泉水，
晴空映在清泉中，
当泉边的枝干
向清泉露出碧空，
再现在这面镜子里，
你的每一种情思
都自然而然地发出闪光，
犹如你看见从清泉上掠过、

划破长空的天鹅
那转瞬即逝的形象!

你的面纱时而遮住
时而露出的你的脸就是正要迎接
白昼而又毫无
阴影的夜;
你即将微笑的嘴巴,
就是在漂泊不定的和风下
退潮的波涛,
并在海浪所离开的岸上
任海浪所吸引的目光
计算俄斐[1]的珠宝!

你这斜向肩部的脖子
因它轻柔的负担而下垂,
好像柳枝
因麻雀压着而往下坠;

---

[1] 俄斐,地区名,在《圣经·旧约》中,此地区以出产纯金而闻名;据《创世记》第十章的地名表,似在阿拉比亚。

眼睛几乎看不出、
每吸一口气就把你轻盈的胸脯
稍微抬起的你的心口
宛如任凭自己的翅膀
在捕鸟人的手上
急速地颤动的两只斑鸠。

你的双手
就是两只让阳光透入的篮；
你的手指以鲜红的玫瑰花
环绕着篮的轮廓。
你的一只脚
放在环抱着它的草地上，那种优雅
仿佛神奇的乐器一般，
似乎指挥着你最轻微的激动，
并使它与竖琴般的声音
协调起来。
…………
为什么你竟这样以你的目光穿透我的心？
请垂下，啊！请垂下你这双充满贞洁的光芒的眼睛：
　　请垂下你的双眼，要不然我就受尽痛苦。

你不如来吧,起来吧!把你的手放在我的手里,
让我这环形的臂膀在这片花丛中把你
　　抱住,把你扶住。
…………
在碧蓝色的湖的岸边有座山丘,
它微微低下郁郁葱葱的头
　　去凝望碧湖;
太阳的目光整天爱慕地注视着丘陵,
湖波的气息引得树丛的绿荫
　　在湖面上不停地飘浮。

以波浪形皱褶环绕着葡萄树所拥抱的两棵橡树,
一株野葡萄树和它们的枝丫互相紧紧缠住,
　　装饰在它们的头上,宛如花冠,
又以浅淡的青葱翠绿使它们的叶丛显得明亮,
然后在被阳光与浓荫所分割的田野上
　　像喜气洋洋的花彩一样向前伸展。

那里,一个阴暗的岩洞,白鸽总喜欢在里面
为爱情而咕咕叫的一个窝,敞开在突出的悬岩
　　那出现窟窿的斜坡上;

葡萄树,无花果树,将岩洞蒙住,将鸟窝覆盖,
天上的阳光,迟迟地钻进洞来,
  在洞里将白昼测量。

这些隐蔽的阴影中的昏暗与凉意
更长久地保持着浅紫
  这羞怯的色彩;
一条发出呜咽声的泉水在岩洞的拱顶上驻足,
好像从你们的脸上一滴一滴地渗出
  和音与泪珠来。

透过这青葱翠绿的帷幔,目光
看见的只是天空,只是被天空染成蔚蓝色的波浪,
  只是大海的怀抱里
渔夫那遮掩着他的无桅小船的白帆,
划破晴空,又像飞鸟的翅膀一般
  拍打不已。

耳朵听见的只是岸旁像长吻一样
轻声絮语的哀怨的波浪,
  或微风的低唱,

或夜莺有节奏的吟哦,
或悬岩任叹息与我们自己的悲歌
　　　交织在一起的回响。
…………
来吧,让我们寻找这慈悲的阴影,
直到这逗留地的鲜花
在白昼无精打采的日光下
合起花萼的那一刻。
啊,我的星辰,这就是你的苍天!
揭开吧,啊!请揭开这帷幔,
请把这里的黑夜照亮;
请诉说,请歌唱,请沉思,请叹息,
但愿我的注视
能吸引你游移不定的目光。
让我向你所坐的柔软的青苔上
撒满玫瑰花,
靠着你所躺的地方,
让我坐在你的脚下。
啊,你所走过的草地
与你手指下所展现的色彩鲜艳的蓓蕾
多么幸福!

啊,你这像吸着花粉的大胡蜂一样的双唇
紧贴着的这些鲜红的酒杯
多么幸福!

假如波浪卷去你所采摘的百合花
那枯萎的花萼,
假如风给我带来被你的嘴巴
摘去花瓣的一枝残茎,
假如你松开的环形卷发
波浪般滚过我的面颊,
来到我的唇边抚扪不已;
假如你轻微的气息发出回响,
我就感到死神的翅膀
从我微微颤动的脸上消失。

请记住诸神伸出温柔的手
把你赐给我的生命,
犹如把绿荫洒在路上
那神圣的时刻。
自那幸运的时刻以后,
我的生命就与你的生命联结在一起,

我们的岁月像一天一样流逝,
成了一个永远斟满的酒杯,
让我的双唇
长久地从中吸取爱情与纯真。

啊!当我这低下的头颅
充满温柔的忧郁,
在睡梦中贴着你的胸脯,
因你的心的跳动而摇曳,
…………
有朝一日,嫉妒的光阴将以冰凉的气息
使你的色彩像这片如茵的草地上一朵枯萎的花一样
  变得暗淡,
唉!光阴的手将害得你使我在冷漠的时节里
失去的这些迅速的亲吻从你可爱的双唇上
  纷纷凋残。

然而一旦你这为纷至沓来的泪水所模糊的眼睛
对那从你身上夺去你的魅力的流逝的岁月的无情
  痛惜不已;
一旦你从你的记忆里,从海滩的波浪上

白白地寻找你令人陶醉的形象，
　　　请向我的心坎里凝视！

这里，你的美丽之花盛开无数个世纪；
这里，在我忠诚的卫护下，你甜蜜的回忆
　　　永远彻夜不寐，
宛如一盏金灿灿的明灯，由一位圣洁的少女
穿过围篱伸出手去
　　　保护着颤悠的光辉。

一旦为另一种爱所尾随的死神来临，
带着微笑扑灭我们双方的生命
　　　这两支蜡烛，
但愿死神把我的床铺在你的床旁，
但愿你忠诚的手在坟墓的床上
　　　依然把我的手紧紧握住！

或者不如让我们离开这个世界，
仿佛人们看见一对情深意切
　　　而又离群索居的天鹅在寒秋
从它俩共同栖息的巢中互相拥抱着离开，

向着它俩一起去寻找的气候温和的地带
　　双双飞走!

向诗歌告别 *

这正是万籁俱寂的时分:
偏远处悄然无声,
一切都沉睡了,连希望都酣然入梦;
在树林那静止的浓荫下,
没有一丝风在摇动;

这正是竖琴的灵魂好像
也坠入梦乡,
诗兴那发出悦耳声音的气息
在因它而激动的内心深处
消失之际。

---

* 此诗完成于一八二三年。拉马丁在注释中写道:"我曾经是,我一辈子一直是个诗歌业余爱好者而不是专业诗人。我不再打算写什么诗,或者至少不再打算发表什么诗。"——原编者注

引得树丛入迷的鸟,
唉！并不是唱个没完没了；
在正午,它在绿荫下躲藏,
它从枝头
仅仅使黎明与黄昏欣喜若狂。

别了,别了,时候已经来临,
啊,发出音调优美的悲歌的竖琴！
你的心弦依然白白地哀号
与回响在拨动你的手下：
我们分别的时候已经来到。

请接受这顽强的泪珠,
这热泪我的眼睛怎么也藏不住。
唉！我的灵魂
在你忠诚的心弦上洒下多少泪水,
你的悲歌怎么也擦不干我的泪痕！

在这不幸的世界上,
所有的眼睛泪水都直往下淌,

我们创造出
这头上永远饰着花冠般的翠柏的竖琴，
为的只是消除我们的痛苦。

歌唱着的万物
重复的只是悔恨或意图，
幸福的心弦保持沉默。
夜莺与诗人最美妙的歌声
就是悲歌：

在陵墓旁边，在暗处，
啊，竖琴！你跟随着我的脚步，
被逐出美味的筵席
你的声音从来没有
与世上幸福的人们的歌声混合在一起。

挂在岸畔的柳枝上，
自由得像林鸟一样，
人们并没有看见我这惶恐的手
把你像女俘一般
束缚在国王的宫殿门口。

那些政党冷冰冰的气息
不曾相继将你激励;
你像思想一样贞洁,
除了爱神的呼吸以外,
没有一丝风曾经将你抚爱。

在严厉的命运迫使我
屈服于它的统治的某个异国,
多亏你,我这他乡的灵魂
才在世界上为自己的歌喉
到处赢得柔美而悠扬的回声。

在曙光好像从那儿出现的山峰,
当我随身带着你去赞颂
我的所爱,
晨曦的第一道光辉
等你一醒也就醒来。

迎着波涛与缆绳的喧嚷,
迎着闪电那青灰色的光芒,

你发出狂烈的和弦,
你掠过大海的浪花,
仿佛暴风雨中的鸟儿一般。

那以目光将我缠住的女子
让自己的声音与你的叹息交织在一起,
她那乌黑的发辫
常常在我柔和的气息下
像你在我的手指下的琴弦一样微颤
…………
啊,亲爱的竖琴,当死亡
随着美妙绝伦的梦想
渐渐临近,当生命像记忆一般
远离而去,有朝一日
你也许会回到我的身边。

处于温柔的遗忘
给予人的这第二度韶光,
人在忧愁之际
常常关心你,抚爱你,
你的声音于是从他的手下响起。

从我们心上掠过的这阵风
迎着曙光吹来,或姗姗来迟;
这阵风喜欢在老人的胡须中
或爱神木的叶片缠住的头发里
优雅地飘动。

一团冰冷的雪
白白地遮住荷马的下巴;
思想的光华
把隐没的光明
还给弥尔顿失明的眼睛:

爱情,幻想,希望,
依然在他们周围飞来飞去,
就像花神的情侣,
那仿佛在黄昏迟暮的余晖中
展开翅膀的蜜蜂。

也许正是这样!……不过还没有
等到你回来探望我们的那个年头,

由于在海岸间漂泊，
我也许就会在一场海难中丧生，
远离我即将放弃的天国。

我哀怨的声音
将久久为海浪所淹没，
波涛会把我的尸骨
像转瞬即逝的藻类一样
卷到岸边的某个沙滩上。

但你呀，音调优美的竖琴，
在茫茫大海上却岿然独存，
那羡慕不已的天鹅群
从大海翻腾的深渊上
将步你发出悦耳声音的后尘。

诗与宗教和谐集

1830

向上帝唱一支新歌吧:
向上帝歌唱吧,全世界……
　因为上帝创造了奇迹。

　　——圣诗第九十五与九十七首

圣殿的明灯或献给上帝的灵魂 *

啊,圣殿里黯然失色的明灯,
为什么在这圣地的阴暗处,
又孤独又不引人注目,
你当着上帝的面竟渐渐昏沉?

这不是为了引导爱情
或祈祷的翅膀,
不是为了以微弱的光芒
照耀那光明的创造者的眼睛。

这不是为了驱赶

---

* 此诗的写作日期与地点,唯一的原稿署为:"一八二九年八月一日于圣普安。"估计此诗可能起草于意大利"里窝那附近的利莫纳树林中"(原编者的注释语),后于所署之时地定稿。

他的崇拜者的脚步的影子；
大殿只在你远远的微光面前
才显得格外昏暗。

这不是为了以曾在他脚步下照耀过的火苗
向他致敬，
天空为他作证，
太阳在他面前燃烧。

啊，象征性的明灯，
你们却保持着不灭的光芒，
大堂里的微风在所有祭台上
抚慰着你们。

我的目光总喜欢投向
这空中的明灯，
我赞美它们却并不理解它们：
啊，虔诚的火炬，你们干得可真漂亮。

无边无际的大自然
闪耀的无数光彩，

在他的宝座面前
也许正模仿这永恒的崇拜?

我叮嘱我的灵魂:
你这出身低微的幽灵
看不见的火焰
就这样当着你上帝的面燃烧。

你永远,永远也不忘记
把我的心引向上帝,
就和那些盛满了油的灯一样
在上帝的面前摇晃。

不管风怎么吹,你都凝视
这个极地,你所有心愿的目的,
你都像一片云一般
始终保持你的光明面。

在这敏感的世界的深宵,
我泰然地感到
它是尘世的黑暗

进不到的地点；

它是山坡上
彻夜不眠的闪光，
它是光芒四射的星星，
它属于唯一光照千秋的星球；

它是留在瓮中
永不熄灭也永不衰竭的火种，
人们随时都能向它身上
投入一点儿要点燃的香。

在注视着你的目光下，
啊，我的灵魂，一旦你黯然无光，
在圣殿香烟缭绕的石路上，
他的脚就不会将你践踏。

而且，他将亲自把生气勃勃的你
召向至高无上的家，
召向永不困倦的日轮，
就像把一道光召向他的太阳一样。

你将闪耀出他的光芒，
至于这光芒的主人，
那些星星只是在他面前
沉浮的灰尘。

初醒儿之歌 *

啊,我的父亲所崇拜的圣父!
他呼唤你的时候总是五体投地!
你呀,你这美妙而了不起的名字
总害得我的母亲低下头颅!

大人说,这光辉灿烂的大陆
不过是你的权力的玩具;
它就像一盏镀金的银灯一样
在你的脚下摇来摇去。

大人说,正是你让那些小鸟

---

* 此诗最初题名为《一个孩子的晨祷》。写作日期署为:"一八二六年十月二十二日。"据考,此诗系一八二六年十月拟稿于佛罗伦萨,一八二九年七月修改并誊清于圣普安。——原编者注

出现在田野里，
正是你也赋予小孩一个灵魂，
让他们了解你！

大人说，正是你
唤起鲜花，让花园打扮得花枝招展，
没有你，这永远吝啬的果园
就会结不出果实。

整个世界都收到
你的仁慈所精心安排的赠礼，
在这大自然的盛宴里
没有一种昆虫被你忘掉。

羔羊吃着欧百里香，
山羊怀着对金雀花的情爱，
苍蝇在壶边上
汲取我那一滴滴白色的牛奶！

云雀追逐着拾穗者
任风吹走的苦味的谷粒，

麻雀跟随着簸谷者，
孩子对母亲依恋不已。

为了得到
你每天带来的每一件赠礼，
在正午，黄昏，拂晓，
需要什么呢？需要呼唤你的名字！

啊，上帝！我的嘴巴结结巴巴地说出
天使们所害怕的这个名字。
在赞美你的合唱曲里
连一个孩子的歌声也听得清楚！

大人说他由于我们在不知不觉中
具有的这种天真烂漫
而喜欢听到儿童
所表达的心愿。

大人说他们朴实无华的赞扬
更清楚地传到他的耳朵里，
天使住满了天堂，

我们长得和天使相似!

啊!既然他从这么远的天涯海角
听见我们的嘴巴
所表达的愿望,我就想不断地要求他
满足别人的这一切需要。

啊,我的上帝,请让清泉发出潺潺水声,
把羽毛送给麻雀,
让小羔羊细毛丛生,
把绿荫与露珠送给原野。

请给病人以健康的体魄,
给乞丐以他所乞求的面包,
给孤儿以住所,
让囚徒回到自由的怀抱。

请给害怕上帝的父亲
以一个大家庭,
为了让我的母亲高兴,
请让我获得幸福,变得聪明!

但愿我虽小却讨人喜欢,
宛如我每天早晨带着微笑
从我的床脚
凝视的圣殿中的那个孩子一般。

请赋予我的灵魂以正义,
让真理从我的口中说出,
但愿你的话在我的心里
随着畏惧与顺从而成熟!

但愿我的声音传到你的耳边
犹如像我一样的儿童
手中的香气四溢的瓮
所摇动的这缕芬芳的烟!

泪,或安慰*

啊,无声的泪,请落向
冷酷无情的土地;
不要落在虔诚的手上,
也不要落在友谊的怀里!

落下吧,犹如冷漠的雨
在悬岩上四溅,
没有一道天光把它抹去,
没有一丝风来把它吹干。

一个不幸的人那破碎的心
和这些人——我的兄弟有什么相关?

---

* 此诗写作日期待考。

他们对我的烦恼过于陌生,
我的厄运离他们竟如此遥远!

也许永远也没有任何泪水
会使他们的天空变得阴云密布;
他们的未来没有焦虑,
他们的杯中也不会有痛苦。

这喜气洋洋地从我面前
走过的无聊的人群
永远也不会需要对他们说这句话:
"我和你们一起饮泣吞声!"

好吧!我们可别再不断地找寻
人们那毫无意义的怜悯;
让我们沉浸在我的悲哀中,
用我的双手遮住我的面容。

当孤独的灵魂
用黑纱把自己裹起来,
连最后的希望都已失去,

世上对什么也不再等待；

当友谊将他遗忘，
离开了自己的道路，
当他最后的手杖
弯了，折了，刺得他的手血流如注；

当软弱的人畏惧
灾难的传染，
在我们的道路上独自离我们而去，
害得我们面对面地与痛苦为伴；

当未来失去了魅力，
再也不能使人因期待明天而陶醉，
当泪水的苦涩
成了我们面包的唯一滋味；

这时，从我内心的沉默中
传来你的呼唤，
啊，我的上帝！你的手微微托起我的苦痛
那冷酷的重担。

我感到你亲切的话语
不会与别的话语相混，
啊，上帝！你的话语仅仅安慰
别人无法安慰的人们。

你那天上的臂膀像一位朋友一样
把我们招向他的内心深处，
看见我们微笑的人们心里思量：
"这幸福从什么地方来到他们的身旁！"

灵魂在祈祷中潜去踪影，
与天国进行交谈，
眼眶里的泪水
在我们的眼里自行变干，

犹如冬天的一道阳光
从树枝上或者从悬岩上
晒干那任何阴影也驱除
不了的最后一滴雨珠。

对死者的沉思 *

树叶已经干枯,
正在草地上凋零;
风儿翩然起舞,
正在山谷中呻吟;
漂泊不定的飞燕
正以翅膀的尖端
从沼泽的死水上掠过;
来自茅屋的儿童
正在欧石楠丛中
拾取林间落下的枝柯。

波浪再也没有曾使树林

---

* 此诗作于一八二六年九月。——原编者注

听了欣喜若狂的低语声;
在失去绿色的枝丛下,
群鸟再也没有声音;
暮色就在晨曦的旁边,
星辰刚刚出现
就快要结束旅程,
它时而发出
一小时人们依然称为
阳光的淡淡的光辉。

黎明在它那金色的云彩下
再也没有和风,
黄昏的绯红
消失在泛着银光的波涛上,
让目光徒然地寻找
小舟的孤单单而又空落落的大海
仅仅成了一片干旱的荒漠,
动荡不安而又迟钝的波浪
在格外沉闷的沙滩上
只有哀怨的私语声。

母羊在山坡间
再也找不到草地，
它的羔羊把身上羊毛的残片
留在荆棘丛里，
奏出乡间和弦的长笛
再也不以爱情
或喜悦的曲调使山毛榉欢欣，
四野里每一棵草都不见踪影：
一年就这样过去，
我们的岁月就这样流逝！

这正是万物在风暴
猛烈的打击下纷纷凋零的时节；
来自坟墓的阴风
同样使活着的人们大批死去：
他们于是成千地倒下，
犹如雄鹰
当新的羽毛在严冬临近之际
来给它的翅膀
御寒的时候
抛弃在空中的无用的羽毛。

正是这时候,我的眼睛
看见你们黯然失色,纷纷凋落,
啊,上帝没有让你们
在阳光下成熟的鲜嫩的果实!
来到世间,虽然风华正茂,
但在我这个时期的人们中间
我已经感到孤独,
当我在我的内心深处问:
"你心爱的人们在哪里?"
我凝视着草地。

他们的坟墓就在山坡上,
我的脚知道墓址;它就在这里!
但他们非凡的本质,
但他们,他们在这里吗,上帝?
野鸽把带回
到我们地区的消息
一直送到印度的海岸;
征帆来来去去,
但他们的灵魂

再也不从那狭小的地方回来。

啊!当秋风
在枯枝丛中呼啸,
当细草微微抖动,
当松树发出松涛,
当黑暗中
摇起丧钟,
夜间,穿过树林,
向飘然而起的每一阵风,
向沙滩上的每一个波浪,
我问:"你难道不是他们的声音?"

假如他们那么清脆的嗓音
过于模糊,以致我们感觉不到,
至少他们的灵魂正以格外亲密的语调
悄悄地低语;
在沉睡的内心深处,
苏醒了的对他们的记忆
从四面八方聚集在一起,
犹如暴风雨

从长出绿叶的树干上
打下来的枯叶!

这是一位被夺去
四散的儿女的母亲
从又一次生命中向他们伸出
那曾经摇过他们的摇篮的双臂;
亲吻留在她的嘴巴上,
在那一度是他们的床的怀抱里
她的心唤起自己对他们的记忆;
泪水遮住她的笑影,
她的眼神仿佛在问,
"别人可像我一样疼爱你们?"

这是一位年轻的未婚妻,
饰带缠在头上,
从她的青年时期
带入坟墓的只有一个思想;
她悲痛欲绝,唉! 在同一个天国中,
为了与她心爱的人儿重逢,
她竟步他的后尘循踪而至,

并告诉他:"我的坟黄土未干!
在那荒凉的尘寰,
你还等待什么呢? 我已经与世长辞!"

这是上帝
在不幸那阴郁的岁月里
为了支持我们的心
而给予我们的一位童年的朋友;
他去世了;我们的灵魂陷于孤独,
他在我们的苦难中
跟随着我们并带着怜悯问我们:
"朋友,如果你有满腹的话儿要说,
谁来分享你的欢乐
或分担你的忧愁?"

这是喊着我们的名字死去的一位父亲
那脸色苍白的幽灵;
这是比我们先到
一会儿的一位姐姐、一位哥哥,
在我们幸福的家中。
和哀悼他们的人一起,

唉！他们昨天曾酣然入梦！
而我们的心竟依然怀疑
蛆虫已在吞噬
我们这亲骨肉！

这孩子从乳房边
倒在坟墓冰冷的床上，
他这令人痛心的夭亡
刚刚害得摇篮空空如也；
这一天或那一天被夺去的生命
都带走我们的一部分，
所有失去生命的人
终于在九泉之下纷纷低语：
"看见光明的人们，
你们可把我们记在心间？"

啊！哀悼你们就是最大的幸福，
无论谁的亲爱的亡灵都赢得泪流满面！
忘记你们就是忘记自己：
难道你们不是我们的心的碎片？

前进在我们黑暗的旅途中,
那美好的往昔的天际显得格外悦目,
我们的灵魂分成两半,
最好的部分属于坟墓!

啊,宽容的上帝!他们的上帝!他们祖先的上帝!
他们的嘴巴曾那么经常地喊出你的名字!
请理解他们的兄弟为他们洒下的泪水!
让我们为他们祈祷吧,他们对我们曾爱得那么真挚!

在他们短促的一生中他们曾向你祈祷,
当你打击了他们,他们依然微笑!
他们曾大声疾呼:"愿你的手播下幸福!"
啊,上帝,希望的化身!你难道会欺骗他们?

然而为什么出现这长久的沉默?
难道他们会永远地忘记了我们?
难道他们再也不爱我们?啊!这疑惑伤害了你!
你呀,我的上帝,你难道不是爱的化身?

但是,假如他们对哀悼他们的朋友侃侃而谈,

假如他们告诉我们他们是多么无忧无虑，
我们就会走在你计划的时刻的前面，
我们就会在你的光明之前向他们飞去。

他们住在哪里？哪个星球向他们的眼睛
放射出更持久更柔和的光芒？
他们是去到那些光明之岛上定居，
还是在天主与我们之间流浪？

难道他们正沉溺于那永恒的光辉之中？
难道他们已经忘了人世间这些美好的名字，
忘了这些妻子、情侣与姐妹的芳名？
难道他们对这些呼唤不再搭理？

不，不，我的上帝，假如天堂的荣誉
居然把他们对人间的任何记忆夺走，
你早就会夺去我们对他们的记忆；
难道我们洒在他们身上的泪水竟会白流？

啊！但愿他们的灵魂沉浸在你的怀抱里！
不过请在他们的心中为我们留下位子；

他们从前曾体验过我们的喜悦,
没有他们的幸福,难道我们竟会感到快意?

请向他们伸出你的宽容之手,
他们曾犯过罪;但天堂却是个礼物!
他们曾受过苦;这可是另一种清白无辜!
他们曾爱过;这就意味着证实宽恕!

他们正像我们今天所处的地位一样,
曾是尘土,曾是风暴玩弄的对象!
像庸人一样不堪一击,
像虚无一样软弱无力!
假如他们常常功败垂成,
假如他们出言不逊,
违犯过你命令的某项文字,
啊,圣父!啊,最高审判官!
啊!请别去观察他们本身,
从他们身上仅仅注意你自己!

假如你细看尘土,
这尘土就在你的呼声中失去踪影!

假如你触及光明,
这光明就会使你的手指黯然失色!
假如你神奇的眼睛进行探测,
这世界与天堂的那些支柱
就会摇摇欲坠;
假如你命令无辜的人:
"请当着我的面上来辩护!"
你的美德就会变得模糊。

但你呀,上帝,你拥有
你本身的不朽!
你让出的整个幸福
正扩大你的至福!
你要求太阳出现,
阳光就依然光芒四射!
你要求时间生产,
驯服的永恒
就发出成千个世纪,
播下不计其数的岁月!

你所挽救的世界

在你面前将焕然一新,
但你永远也不能分隔
过去与未来,
你永存!你长生!一个个时代,
对你的作品来说轻重不等,
在你的手下却始终毫无二致;
唉!你的声音永远
也发不出人类的这三个字眼:
昨天,今天,明天!

啊,大自然的圣父,
每一种幸福的无尽的源泉,
什么也不能与你较量,
啊!请你也别与任何事物交锋!
啊,神圣的宽容,
请把你的砝码放到天平上,
假如你权衡虚无!
愿你胜利,啊,最高的道德!
当你注视你自己的时候,愿你因宽恕
我们而怡然自得!

西　方*

大海平静下来了,宛如壶里泛起气泡的水
在炉火变得暗淡的时候不再沸腾,又从岸旁
收回它那依然激动的波涛,
好像回到自己的大床上去睡觉一样。

穿过云层往下坠落的夕阳
在波涛上挂起一轮
无光的星球,然后浸入它那血淋淋的容颜的一半,
仿佛燃烧中的船正在天际下沉;

天空的一半失去光辉,微风

---

* 此诗根据内容判断,可能完成或至少起草于意大利海滨,写作日期已无从查考。——原编者注

衰弱无力,再也鼓不起那静止而无声的帆,
黑暗在伸展,灰蒙蒙的夜色下
天上的一切与海水同时变得难以分辨;

在我这同样渐渐变得暗淡的灵魂深处,
人世间的所有声音都与白昼一起走向结束,
但我内心里却有某种情绪,像在大自然中一样,
相继在哭泣,在祈祷,在忍受痛苦,在祝福!

我独自向着西方,一扇光彩夺目的门
让我看见满目金色的光芒在波动,
那被染红的云彩就像遮住
巨大的炉火却并不使它熄灭的帐篷;

暮色,晚风,深渊的波涛,
一切都仿佛向那火红的桥拱飞驰,
好像大自然与给它以活力的一切
因失去光明而害怕消逝!

那里,从大地上扬起黄昏的尘埃,
那里,从波涛上泛起白色絮团般的浪花;我这苦闷

已久的游移不定而不由自主的目光
追随着它们,因无愁的泪水而变得湿润。

一切都在消失;我这感到抑郁的灵魂
依然空虚,如同隐藏起来的天涯,
它接着产生一种仅有的念头,
仿佛沙漠中出现一座金字塔!

啊,光明!你哪儿去了?啊,耗尽火焰的日球,
云朵,朔风,波涛,你们奔向何方?啊,尘土,
浪花,黑夜!啊,我的双眼!我的灵魂!
请告诉我,你们是否知道,我们大家到底走向何处?

啊,宇宙万物!夕阳成了你们暗淡的火星;
黑夜,白昼,灵魂,都以你们为归宿!啊,世界
所有生命的神奇的盛衰起落,
啊,一切都将被你吞没的上帝的浩瀚的大海!……

林间的清泉*

啊,清澈而流水潺潺的泉,
你从悬岩的裂缝中间
喷涌而出,在你去安息的草地上
形成一大片平静而透明的水面;

从前曾目睹你
迸出水泡的卡拉拉[1]那圆形的大理石
任你在林间潮湿的地毯上
迷路的泉水流失。

---

* 此诗的写作日期与地点,原稿之一署为:"一八二六年十一月二十日于乌尔西。"——原编者注
[1] 卡拉拉,意大利地名,其地产白色大理石。

你那被常春藤披上绿装的王储
再也不向他的鼻孔下
溅出像波动的光束
一样的骄傲的浪花。

作为圣殿,作为绿荫,
你只有那些让自己阴郁
而巨大的树身俯向你这像它们
一样无遮无盖的波浪的雄伟的山毛榉。

因秋天而变黄的叶片
纷纷飘落,使你的胸脯产生微澜,
绿色的苔藓
环绕着你水池磨损的边缘。

但你并没有倦于露面,
仿佛那些被看轻
却依然对不幸的人们开诚相见
流露真情的宽宏大量的心。

俯向你破裂的盆,

我看见你隐藏的流水宛若
朴实的露水一样
从你所磨光的石子下穿过。

我听见你发出悦耳音调的水珠
往下滴,往下滴,好像
动人的叹息
所一再打断的富于旋律性的歌声在回荡。

我青春岁月的图景
随着这片歌声而出现,
这些图景害得我充满了悲哀,
我于是想起了从前。

啊,从多少忧虑与多少岁月中,
我听见你在喃喃
低语!或者为了享乐,或者为了哭泣,
难道我没有寻找过你的岸?

你这引人深思的声音
与多少往日的场景交织在一起?

我那些忧郁的思想
哪一种没有随着你的波浪流逝?

是的,不久以前你看见的正是我,
我那被风吹乱的金黄色的头发使你
这为一个孩子的手
所引起的微澜生气。

正是我,在因那些树
而向你弯曲的拱形的绿荫下休憩,
看着我那比你的水滴更多的梦幻
在我的面前飞舞不息。

那锦瑟年华的迷惑人的远景
在闪耀,就好像早晨我看见曙光
把那半路上可能遮住它的云彩
染得一片金黄。

后来,经受了暴风雨的打击,
悲叹着分离或死亡,
多少次呀,我把头

扑在那涌出你的流水的悬岩上!

从我那蒙住脸的双手里,
我望着你却看不清你的容颜,
像骤雨的雨滴一般,
我的泪珠打乱了你平静如镜的水面。

我的心,为了表露出自己的痛苦,
只相信你的回声,啊,亲爱的清泉,
因为你的呜咽
仿佛应和着我的泣涕涟涟。

在往昔的天性的引导下,
如今我又来谛听
你的瀑布
在大树林的浓荫下发出的哗哗的声音。

但纷至沓来而又转瞬即逝的思绪
再也不像你的波浪
带向激流的那些四散的落叶一样
随着你漂泊不定的流水走向远方;

从一个使它们腻烦的世界上,
这些思绪迎着你的呼唤,
迎着无语的月光,
回到树林深处浮想联翩。

忘却了那随着你这不因任何力量
而中断的奔跑把你带走的巨流,
我溯流而上,从小河走向小河,
一直寻到那只放你出去的手。

啊,云的女儿,我看见你
像波涛般的雾气一样浮动,
随骤雨一起流淌
或渗入鲜花丛中。

在那任你的涟漪低声埋怨,
任草地透过每一个毛孔一滴
一滴地喝着你清澈的流水的深渊中,
贪婪的岩石吞噬着你。

啊,纯洁的珍珠,
你渗入神秘的坩埚中,
直到你的清波
比得上闪闪发光的碧空。

你终于出现了!荒漠获得了活力;
从你的流水中散发出气息,
老橡树扩大了树顶,
以便用成荫的树丛将你遮蔽。

阳光在叶丛中浮动,
飞鸟在你的路上歌唱不已,
人们跪在地上
把你盛接在金樽或手心里。

绿叶在叶丛中堆积,
忠诚于曾经请求你"为了经过的飞鸟
而流到这里来吧!"的手指,
你的潺潺流水已经让它知道。

至于我,你等待我竟是为了提醒我:

"请从这里看出你上帝的手!"这令天使
感到惊讶的奇迹
仅仅是他的智慧的一种游戏。

你的沉思,你的低语声,
仿佛替他塑造我的心灵,
献给创世主的第一曲颂歌
正是热爱大自然的神圣的感情。

随着你流水的每一阵呜咽,
我感到在我的心坎里预告流水的来临并歌唱
流水的一种不可名状的深沉的声音
和你一起回响。

我这因无数思绪而变得开阔的心,
像你水池中的流水一样,
从我透不过气来的双唇上,
感到爱情在我的灵魂深处荡漾。

渴望出现的祈祷
以迅速的声调脱口而出,

我恳求上帝:我所崇拜的你呀,
请像收下香一样收下这些泪珠!

在不同于昨天的今天,
你的岸就这样又看到了我,
天鹅换了羽毛,
黄叶随着寒冬而凋落。

不久你也许会看见我
向你俯下我的满头白发,
又从你的山毛榉上折断一根小树枝
来支撑我颤巍巍的步伐。

我坐在你青苔间的长椅上,
感到自己的岁月即将枯竭,
因你如此和缓的斜坡而了如指掌,
你的流水将教育我怎样离开这个世界!

眼看着你的流水一滴一滴地干枯,
一波一波地失去踪影,
我会思忖:这就是我的光阴

不久将随它们而去的幽径。

我还剩下多少岁月呢?
这有什么关系呢? 我走向你流去的地方;
依我们看来,暮色紧接着曙光:
流吧,泉水啊,请一直向前流淌!

米利，或故土*

为什么提起这故乡的名字？
我的心在远居他乡的美好岁月中曾因这名字而微颤，
这名字在我百感丛生的灵魂深处远远地回响不已，
好像一个朋友的嗓音或熟悉的脚步声一般。

啊，秋雾所笼罩的云崖，
晨霜所覆盖的幽谷，
远处被暮色染得金黄的古塔，
修剪工给除去花冠的柳树，

因年深日久而发黑的墙、丘陵、陡峭的小路，
引得牧人们时而蹲在你面前

---

* 此诗在一八二七年一月二十五日作于佛罗伦萨。——原编者注

一点一滴地等着罕见的水珠,
手捧水罐、谈着当日闲话的甘泉,

火焰从炉中闪闪发光的茅屋,
让朝圣者总喜欢看见你炊烟缭绕的屋顶,
啊,没有生命的种种景物,
你们究竟有没有依恋我们的心又引得它爱慕的魂灵?

我曾经看见那夜晚不见云彩的碧蓝的天空,
在繁星的脚下直到早晨都给镀上一层黄金,
从我的头上在繁星那无止境的弓中
形成不因任何风而黯然失色的水晶般的圆屋顶!
我曾经看见被油橄榄与柠檬所遮掩的群山
从水中反映出转瞬即逝的影子,
在凉爽的山谷里,在一阵微风下,
从熟了的穗上摇动着就要成熟的葡萄枝蔓;
在几乎听不出大海在低语的岸旁,
我曾经看见闪闪发光的波浪那起伏不已的腰带,
在碧蓝色的皱褶中时面收紧时而放松
锯齿形海角的柔顺的边缘
在泛着一片片水光的海湾展开,

使那因一束束水沫而雾气腾腾的礁石发白,
在鲜红的西方的远处
环抱着好像太阳金色的床一样的群岛,
或者,无遮无盖地无边无际地展现在我的面前,
向我显出那藏着奥秘的无限!
我曾经看见那些骄傲的顶峰,那些任炎夏
收起严冬的大衣的高耸入云的金字塔,
直到逐级下伸的山谷深处,
以小村庄与绿荫一再切断山坡,
山峰与悬岩在这里纷纷耸起,
又在更远的地方从绿草如茵的斜坡上躲开并溜走,
带着雷声抛出像冒烟的弓似的水沫四溅的急湍
与泛起浪花的河流,
在时亮时暗的山坡上
形成明晃晃的群岛与黑乎乎的波浪,
掘出为沉思所热爱的凉爽的山谷,
重新升起,又退下去,再上来,
然后从广阔壁垒的最后的梯级,
穿过分散的冷杉与橡树,
向沉睡在树影下的平湖的明镜里,
投下绿色的倒影或阴郁的图像,

在清澈的平湖那微温的碧波上
使雪景浮动,使山丘荡漾!
我曾经游览过一往情深的维吉尔的亡灵
为了安息所选择的那岸边与那绝妙的幽静处,
游览过古代女预言家展现在眼前的那片田野,
游览过库迈①与乐土;但我的心不在那里!……
然而在这世界上却有一座干旱的山,
山坡上没有树林也没有清澈的流水,
简陋的山顶被岁月的力量所逐渐损坏,
在自身的重压下一天一天地倾斜,
它的土壤在暴雨后的急流里流失,
勉强留住一棵露出树根的干枯的黄杨,
到处布满就要倒塌的岩石,
这些岩石在山羊羔轻盈的脚步下纷纷滚落。
这些残迹因世世代代的衰落而形成
一个逐层地渐渐降低的山丘,
这山丘在这些残迹赖以支撑的墙垣的保护下,
有几块用我们的血汗换来的不毛之地,
有几处葡萄枝蔓,它们的臂膀徒然地寻找槭树,

---

① 库迈,意大利南部坎帕尼亚区一古城。

弯弯曲曲地延伸在地上或匍匐在沙上,
有几片荆棘丛,小村庄的儿童在这里
摘下他与群鸟争夺的一只被遗忘的果子,
邻近茅屋的瘦母羊在这里吃着草,
留下向有刺的小树进贡的羊毛;
这地方,没有夏日那美妙的流水声,
没有激动的叶丛的微颤,
也没有迟睡的夜莺那回荡在空中的赞歌
使心头时时想起,使耳朵听得入迷;
只有蝉在久旱无雨的天空的阳光下
以隐蔽的叫喊使人厌烦。
在这偏僻的地方有一所阴暗的农舍,
只有这座山以阴影将它遮蔽,
它那经受风吹雨打的墙壁
刻有写在穷年累月的青苔下的年纪。
在分成三级石阶的门口,
偶然扎下常春藤的根,
这常春藤无数次重叠它那纠缠在一起的结,
在细长的臂膀下藏起时代的耻辱,
弯下具有田野风味的缭绕的枝蔓那弓形的梢头,
形成乡间柱廊的唯一装饰。

一个往下伸到山丘背面的园子
向西展现出渴求水的沙地;
因寒冬而变黑的没抹水泥的石块
忧郁地挡住沙地狭窄的围篱;
铁锹每季掘开的泥土
无遮无盖地露出没有浓荫没有绿茵的深处;
没有点缀着鲜花的五彩缤纷的草地,没有绿色的拱,
没有树丛下的小溪,没有凉爽,没有潺潺水声;
只有被犁铧所遗忘的七棵椴树
庇护着铺在它们脚下的一点儿草,
在秋天洒下一片微温而又稀疏的树荫,
在格外暗淡的天空下脸上感到这树荫更加温和;
啊,椴树,如此美妙的睡意与梦幻
在我幸福的童年一直萦回在你的枝丫间!
在这围起来的渴望水的乡间场地中,
有口井在悬岩间藏起深深的水,
汲水的老人经过长久的努力,
呻吟着在井边放下水瓮;
有个打谷场,连枷在开阔的粘土地上
有节奏地打那散乱的麦捆,
白鸽与微贱的麻雀

在这里争夺为耙子所遗忘的麦穗;
田间随处是乱放的农具、
断了的牛轭、停在柱廊下的四轮畜力车、
车辙害得光线突然中断的车轴
与耕地所磨损的钝了的犁铧。

无论一座壮丽的城市的金黄色的圆盖,
还是尘土飞扬的道路,无论源远流长的大河,
还是在晨光中发白的屋顶,
什么都安慰不了它那枯燥无味的监狱的眼睛;
只见每隔一段距离
就散布着的穷人栖身的荒凉而简陋的住所,
沿着狭窄而错落的山间小径
露出它们茅草的屋顶与被烟熏黑的墙壁,
坐在自己住所门口的老人
正催着躺在灯芯草编的摇篮里啼哭的孩子入眠;
总之是一片没有绿荫的土地,没有色彩的天空,
没有碧波的山谷!——但我的心舍不下的正是那里!
正是那里的住所、风光与滨海地区
使我感动不已的灵魂想起它们的景象,
使我最美妙的梦幻在夜间

构成它们那令我悦目的图画!

那里一天中的每个时刻,群山的每个面貌,
黄昏从田野里响起的每个声音,
像四季的脚步一样回来使树林或草地
重又披上绿装或黯然失色的每个月,
默默地或圆或缺的月亮,
爬到昏暗的山丘上去的星星,
高地那为白霜所驱赶、
从山丘一步一步地走下山谷的羊群,
风,正在开花的有刺的小树,青草或枯草,
犁沟中的犁铧,牧场上的流水,
一切都从那里以亲密的语气向我说出一种语言,
从灵魂深处与从感觉中听见的那些话
就是声音,芳香,雷电,暴风雨,
悬岩,激流,就是那些美妙的景象,
就是安息在我们内心深处、一个景色为我们保留
又为我们使它们变得更加甜蜜的那些久远的记忆。
那里,我的心在每一个地方都再度见到自己!
那里,一切都记得我,一切都了解我,一切都爱我!
我的眼睛从这整个视野中发现一个朋友,

每棵树都有自己的历史,每块石头都有一个名字。
至于这个名字,例如底比斯①或巴尔米拉②,
没有让我们想起一个帝国的一系列重大事件,
想起人们为了选择暴君而流下的鲜血
或人们所谓的上帝那些巨大的灾害,又有什么关系?
引得思绪万千的这片风景,
我们灵魂深处的历历往事依然俯拾皆是的这些地方,
对我们来说与目睹某个靠不住的帝国
兴衰存亡的那些命运的决斗场一样不同寻常:
什么都不卑贱!什么都不高贵!灵魂就是试金石!
一颗心因想起某座简陋的破房子而急速地跳动,
而从英雄与神化了的人物的纪念碑下,
牧人却转过眼睛去,吹着口哨走过!

这就是我的父亲当年坐过的乡村风味的长椅,
这就是当坐在翻倒的犁铧上的牧人们
向他数着每小时所耕出的犁沟的时候,
当他因自己光荣的场景而依然禁不住突突心跳,

---

① 底比斯,埃及与希腊古城。
② 巴尔米拉,叙利亚古城。

向我们诉说着那些国王的断头台
与他参加过的整个重大战斗的历史,
一边叙述生平事迹,一边进行道德教育的时候
每每回响起他那雄壮而严厉的声音的大厅!
这就是我的母亲随时带着最轻微的叹息
走出她的住所,让我们抱起毛织品
或面包,向穷人施舍衣服
或向饥民供给食物的空场;
这就是那座茅屋,在这里,她那亲切的手
曾向伤口倒下蜂蜜或橄榄油,
在奄奄一息的老人的长枕旁
打开那本依然向垂死者展示希望的书,
从那透不过气来的嘴巴上收集他们的叹息,
让他们最后的心思转向上帝,
又牵着我们几个最小的孩子的手,
一边叮嘱着下跪的孤儿寡妇,
一边抹去他们眼角的泪水:
"我给你们一点儿钱,你们就拿祈祷作回报吧!"
这就是她的脚曾在树荫下为我们摇动摇篮的门口,
这就是她的手曾每每拉低的无花果树的树枝,
这就是那条狭窄的山间小路,当声音洪亮的钟

在遥远的教堂里随着曙光震动,
我们在这里曾踏着她的足迹登上上帝的祭坛,
献上两支纯洁的香:童贞与幸福!
正是在这里,她那虔诚而庄严的声音
曾向我们说明我们感觉到的她心中一个上帝的道理,
一边给我们看那藏在她的麦芽里的麦穗,
看那分泌她芳香的饮料的成串花序,
看那变植物汁液为纯奶的牝犊,
看那裂开而流出涓涓泉水的悬岩,
看那暗藏在枝丛中的铺满
柔软的鸟巢的母羊毛,
看那准时到自己的十二个住所
并把季节与时间分配给各个地带的太阳,
看夜间那只有上帝才数得清的繁星,
那些连想都几乎不敢想去攀登的星球,
教我们通过认识树立信仰,
让我们在天真烂漫的儿童时代
对我们的肉眼所看不见的星星与昆虫
在天空中怎么也像我们一样有自己的父亲感到惊讶!
这片欧石楠,这片田野,这片葡萄园,这片草地,
都有自己的记忆,都有自己珍爱的影子。

在这里,我的姐妹曾经嬉戏,风儿在她们游戏时
曾跟随她们,和她们的金发一起玩耍!
在这里,我曾经燃起枯枝与荆棘组成的柴堆,
把牧羊人引到山丘顶上,
我那挂在篝火上的目光
不时地过去看火焰在起伏。
在这里,不顾迅疾的朔风的狂怒,
有空洞的柳树曾向我们提供它那空了心的树干,
我曾谛听一阵阵风在它那枯叶丛中呼啸,
我的灵魂再也忘不了那一阵阵风的和弦。
这就是向深渊俯下身去,
在筑巢时节曾让我们在树顶上摇晃的杨树,
这就是牧场里的小溪,那草地间的死水
曾慢慢地吞没我们用芦苇编成的小船,
这就是那橡树,悬岩,单调的磨坊
与阳光下的围墙,秋日里
我曾来到这块石头上,坐在老人身旁,
目送逐渐消失的最后的余晖!
一切都依然存在;一切都在原地复活:
人们依然在沙上步我们的后尘;
为了享受这一切,除了一颗心,这里什么也不缺,

不过。唉！光阴渐渐流逝,跟着就要失去踪影。

生活害得母亲与儿女天各一方,
像打谷场上的麦穗一样,远离慈爱的田园,
而这亲爱的家犹如燕子在漫长的冬天
从里面逃之夭夭的空巢一般!
古老的石板上丛生的野草
已经使家中围墙附近的小路变得模糊,
像丧服般飘动的常春藤
半遮着门,攀缘在门槛上;
不久也许……啊,我的上帝!请驱除这种预兆!
村里人不认识的一个外国人,
手里拿着金币,不久会来占有这个地方,
而我们祖先的亡灵为了我们依然定居在这里,
我们对摇篮与坟墓的记忆
将随着他的声音从这里消失,仿佛鸽子窝,
斧头从森林中砍去它们所栖息的树,
它们再也不知道以后停落在何处!

啊,上帝,请不要容许这种悲哀与侮辱!
啊,我的上帝,请不要容许我们简陋的产业

从一些手中传到另一些手中去换取低贱的代价，
犹如作恶多端者的房屋或被放逐者的耕地！
那就让贪婪的外国人来吧，让他迈起骄傲的步伐，
在我们的诞生地这绿草如茵的淳朴的田野上
走来走去，在这从前只有穷人才有宝藏的地方
扩大并计算他的财产，害得孤儿一无所有，
就在我的母亲当初应我们的请求
教你的赞美歌时的那些柱廊下亵渎你的名字！
啊！那就不如让那被凄风所抛弃的破碎不堪的屋顶
无数次地挂在颓垣断壁上；
那就让墓园的野花，让锦葵，让荆棘
在教堂前断裂的空地上那一片废墟间发芽！
那就让蛰伏的蜥蜴在这里从阳光下取暖，
那就让夜莺当世界进入梦乡之际在这里唱歌，
那就让谦卑的麻雀，让忠诚的白鸽
在这里平安无事地把它们的儿女聚到自己的翅膀下，
那就让天上的飞鸟到这清白无辜者
从前曾有过自己的床的地方来筑巢！

啊！假如刻在命运的目光下的数目
让我的天年一直延长到白发苍苍，

但愿我这个幸运的老人能够在这里目送自己的余生
从我这纯朴的眷恋的纪念性建筑物中间逝去!
当这些被祝福的房屋与凄凉的十二月
将只有幽灵为我而居留,
但愿我在这里至少能凭借一个个名字与一座座住宅
再见到从我眼前消失的那么多令人热爱的人!
啊,在我化为冰冷的骨灰后继续生存的人们,
假如你们愿意使我最后的思绪陶醉,
有朝一日,请为我树立……!不!什么也不要树立!
不过在这基督教徒朴实的希望所安息的地方附近,
请在这片田野上为我掘出我所想望的床,
掘出那萌发又一个生命的最后一道犁沟!
请在我的头上扩展田野间一片如茵的草地,
让小村庄的羔羊春天依然在这田野间吃草,
让我的姐妹曾使这幽静处养满了的鸟飞来,
在我的静夜里眷恋不已,引吭高歌;
在这里,为了标出你们将要让我安息的地方,
请从山上滚下悬岩的一个碎块;
但愿尤其没有一把凿子能凿去它,能使它消失,
但愿经年累月那使它的表面变成褐色、
一个个冬天嵌在它侧面的苔藓

以活生生的文字给它的年纪注下一个日期！
在这田野的一页上并没有年代或名字！
在永恒面前任何时代都是同岁，
那以呼声唤醒死亡的魔鬼
即使没有虚名也不会忘记我们！
在这里，在熟悉的天空下，在从前曾以树荫
笼罩过我的摇篮的阴郁的山丘下，
我将更接近故土、空气与阳光，
我将等待从一场更容易惊醒的睡眠中醒来！
在这里，与疼爱我的大地结为一体的我的骨灰
在重新获得我的灵魂本身之前将恢复生命，
将在草地上披上绿装，将在花丛中开出鲜花，
将痛饮夏夜的芳香与泪水；
一旦没有黑夜的日子的第一道光芒
射到这里来唤醒我去迎接永恒的曙光，
我举目凝望，将再度见到
我的心所热爱、我的眼睛所熟悉的地方，
再度见到小村庄的基石、钟楼、高山、
激流干涸的河床与干旱的田野；
环顾亡灵曾在这残垣断壁下安息
在我的旁边的所有心爱的人，

伴着母亲的灵魂、父亲与姐妹们,
不再把骨灰寄存在地下,
好像从波涛上走下来的旅客
依然向航船投出感激的目光,
我们的声音将一起向这充满魅力的地方
告别,说声唯一不含泪水的再见!

退 隐*

——答维克多·雨果先生

当厄科①在我的树林里,
我浅睡而没有酣眠;
然而当一个呼声响起来时,
我的声音戛然而止;
一阵乐声还给我这个呼唤。

这唤醒了我的呼声
拥有何等动人的齐鸣!
在我听来,从来没有
同样的竖琴或提琴

---

* 此诗在一八二八年十一月二十八日作于圣普安。——原编者注
① 厄科,希腊神话中山林间的回声女神。

曾使这片荒漠如此欢欣,

自从爱情的仆人
披风下拿着竖琴,
为一位情侣而来,
在钟楼下喃喃低语
那令人喜悦的时刻直到如今。

这是都市一个孩子的清新
而寂寞的声音,
他对闹市的怨声感到厌倦,
如今向大自然
要求格外远离尘嚣的光阴;

要求密林的浓荫
所笼罩的一座庐舍,
要求流经这房屋的一条小河,
要求玫瑰花丛,
鸟儿就在旁边引吭高歌!

要求那日复一日

始终如一的习惯，
没有荣誉或研究，
只有清静、
祈祷与爱恋！

啊！你的梦真是一个梦，
朋友，这微不足道的事物
居然成了一切！你的生命实在有过多的精力；
但你等着吧，年龄会使你失去
陶醉与厌恶！

唉！在这世界上，
人越是计算天数，
路就越是崎岖，
心就越是把他的生命
与爱情压缩！

请赶紧从这目睹
能思维的昆虫
在过路人
踩扁了的一根麦秸周围

焦躁不安、煞费苦心的战场边上隐去影踪!

我知道山丘上
有所白色的住宅;
一座悬岩俯视着它,
一片英国山楂树丛
就是它的整个视野。

那里永远不会响起
可能引起思索的声息;
你可以做你的梦
直到它结束的时候,
然后再从头做起。

乡村的钟楼
高过这所住宅,
它的声音宛如献礼
升向阳光
所染红的第一朵云彩!

作为祈祷的信号,

这声音出自神圣的地方，
它首先召唤
茅屋中的孩子
走向教堂。

随着这沿着犬蔷薇花丛
发出回响的乐音，
你看见谦恭的人群
在虔诚的小路上
纷纷涌现，迤逦而行；

这就是那个可怜的孤女，
白天对她显得短促，
当她缓慢地行走的时候，
她放下已经沉重的纺锤，
她的工作暂告结束；

这就是那个盲人，那个乞丐，
他由习以为常的墙带着路，
他畏畏缩缩，
他的手

正数着他却被烟熏黑的大串念珠;

这就是那个路过时
抚摸每一朵鲜花的孩子,
这就是那个急急忙忙的老汉:
儿童与老人
都是上帝的知己!

窗户转向
坟场墓园,
那里,卷曲的野草
在白昼以后
保护着小村庄的睡眠。

再也没有一朵花
使这睡眠的外衣略带某种色彩;
那里,一切都代表纯洁,
那里,一切都显示出希望!
一切都在议论醒来!

我的眼睛
当目光落在那里的时刻,

看见多情的鸟儿在墓园间飞翔,
就像那带来
小树枝的白鸽,

或者那迎着黄昏
长长的余光
在她的苦难的征兆——
一块新石头上面跪倒、
坐下的某个可怜的孤孀;

看见希望正从目光
所触及的柏树丛下,从嘴巴上,
从坟墓上凝望
那为了更美地升起
而沉下的夕阳。

那里,寂静与凄凉
守在死者旁边,
而陷入沉思的灵魂
却觉得在那里
接触到生命的波涛的边缘!

悲　哀 *

忧郁的灵魂
宛如温情脉脉的夜空,
当沉睡的星辰
从鲜红的苍穹
引出喧闹声;

更澄清,又发出更洪亮的声音,
我从这苍穹中看见,步着那星辰的后尘,
出现数不清的繁星,
这繁星,我迎着灿烂的曙光
可真无法想象!

---

* 此诗在一八二八年十一月二十八日作于圣普安。——原编者注

这繁星来自比这里
更辉煌的光明之岛,
来自那后面的星球,
来自那同样构成
星球的滚滚灰尘!

我从宇宙中
听见神秘的和声,
这和声或者出自表示感谢的天空,
或者出自来往的天使,
或者出自虔诚的人!

啊,我们火热的灵魂
那纯洁的光芒,
从它们热烈的翅膀上
我们略微激起枯燥
乏味的祈祷!

啊,充满我心头的悲哀,
请快从我的眼睛里流出来,
请像那波浪一样

流出来,肥沃的泥土
正从这波浪里看见天空的礼物!

请不要指责把你带往
上帝那儿去的岁月!
生也罢,死也罢,
人不是必须痛惜流亡,
就是必须哀悼永别!

冥想集

1839

阳光赞歌*

我独自在草地上
坐在小河旁；
懒洋洋的河水
顺流冲走的落叶已经枯萎，
竟使浪花发黄。

树林在中午
那轻柔的呼吸
引得涟漪、
一片青苔与周围的叶丛
缓缓地抖动。

---

* 此诗在一八三八年作于蒙索。——原编者注

和摇曳的树顶一道,
只有一棵高高的小杨树
耸起它那像杰出的思想一般
为了祈祷
而离群索居的细长的箭!

那仿佛滚滚而流的风,
奏出悠扬的乐曲,
不时地吹得颤抖的叶丛
响起轻轻的簌簌声,
宛如发音清楚的话语。

任它的树顶晃荡的蓝天
扫去了它的明镜,
一朵云的阴影
投向天空的却是它使人看见的无限,
而不是另一番图景。

灿烂的叶丛
反射而来的一道阳光
从我摘去叶子的百合花中

透过,掠过,在一片光明的岛上
陷入沉思冥想。

火红色的光华
闪烁在这茉莉花的桥拱下,
好像在一位少女的手指间
发出光辉并在她手上
颤抖的灯一样。

它照亮这拱门,
在每一朵花上大放光彩,
水上的树枝使它一滴一滴地流出来,
水滴与昆虫的翅膀
从那里浮现出微光。

迎着这透过岸边
绿色的栅栏的金黄色的光辉,
阳光像火花般
散开,穿过
沉睡的清澈的流水。

透过闪闪发光的网，
我看见从水上
掠过的一团浮云般的苍蝇
穿着蓝色的上衣
在遮蔽着它们的夜幕下游戏。

在显现出来的水滨，
新生的夜莺
那填满废麻的巢
像似乎要汲取
流水的酒杯一样弯下了腰。

能干的母亲
以连接它们的线
使树莓与在覆盆子交织在一起，
又像石板瓦屋顶一般
在巢上张开双翼。

迎着我的呼吸、流水
或柔软的小树枝所发出的声音，
我看见

它那转动着充满
恳求的爱的黑眼珠的眼睛!

然后,在我友好的目光下,它平静
而温柔地又闭上眼睛
随着它的儿女
在青苔上的每一次抖动,我看出
那一颗颗沉睡的心正跳个不停。

这一小片阳光
凝聚着精神上的无限满足。
啊,令人喜悦的天意!
多么温存的知心话,
来自爱,来自美,来自和睦!

在片刻的体贴中,
啊,上帝,我好像感觉到
你柔软的手正抚扪
这重又竖起它那柔韧
而微微颤动的毛的绿茸茸的一片芳草!

当你来探望它之际,
世界上万籁俱寂,
幽灵既不躲避也不前进,
连我这向前奔去的心
也不再听见自己在突突地跳个不停!

我这必然陷入
死神罗网的可怜的灵魂
展示着自己的忧伤,
像打开一团亚麻那样
在你仁慈的阳光下展现出它的凄凉。

我的灵魂整个儿笼罩
在你光辉的皱褶下,
好像沐浴在光明下的幽灵一样,
它在祈祷中发出光华,
它怀着热情大放光芒!

啊!面对一片
光芒四射而引得双眼
欣喜若狂的晨曦,

谁还会怀疑
天堂里的仁慈?

啊,大自然!
啊,由上帝掌握钥匙、
任万物痛饮的源泉,
水滴如此洁净,
难道深渊竟可能浑浊不清?

你呀,在珍珠般的流水中,
在两株弯下腰来的草上,
你能以极其丰富
而溢在你脚下的幸福
把整整一个世界围住,

心灵从这里隐约
看见你珍惜这些喜悦,
难道你竟会浪费
我们神奇的圣餐杯中最初的收获,
洒出那琼浆玉液?

在这无限的宇宙中,
在这无穷的光阴里,
在你容颜的光芒下,
啊,我的上帝,
难道竟没有容纳所有突突直跳的心的福地?

啊,永恒生命的源泉,
啊,不朽爱情的家园,
对刚刚得到满足的灵魂,
难道天国非得
想望它的火星与光明不可?

不,这往往洋溢
在我们心头的短暂的狂喜的时候,
正是杯中的一点儿蜜,
正是从你礼物的海洋里
涌上来的浪头!

我希望,它们正沉浸
在你天国的秘密里,
啊,圣父!那些亲爱的魂灵,

我们在世界上始终保持
对它们美妙的惋惜!

啊,为了你们,因我们的分别
而流出的泪水模糊了我的双眼,
毫无疑问,从某颗星星上面,
同一个时刻
为你们把上帝的明珠又摘去一颗!

你们正怀着满足的心情
从晴朗的田野上凝视,
或者,你们正在陶醉中谛听
生命的大海
向着永恒的床低声地说个不停!

为我们揭开
一角帷幔的同一个上帝
正围住我们,正笼罩着我们,
让你们沉浸在欢乐的海洋中,
把我包容在一滴水里!

然而我的灵魂，
啊，上帝！竟如此充满崇拜，
以至我的心
几乎容纳不下这种感情，
只觉得透不过气来！

凭借这一道火焰般的光芒，
你如此强烈地把我吸引到你的身旁，
以至即使死神
来松开缚住我灵魂的网，
我的内心深处也不会改弦更张！

除了一片格外庄严、
格外高昂的赞扬的呼喊
会把我卑贱的声音
化为天使合唱的歌声，
从而变得永恒！

啊！光荣属于从你的太阳
向鲜花大放光芒的你！
你在一小片土地上显得如此辉煌！

你在火花中显得如此灼热!
你在一颗可怜的心中显得如此充实!

致一位向我要头发的少女[*]

头发!但它们已因年迈而变白,
头发!但它们已因衰老而脱落!你纤巧的手指
拿这暗淡无光的卷发能做什么呢?
要编织花冠,可得用绿色的树枝。

啊,姑娘,在你这受到保护而充满欢乐的岁月里,
难道你竟相信一个经历了四十度春秋的男子的头上
会长出金黄色的丝一般的环形卷发,任希望
与你的十七岁一起嬉戏?

难道你竟相信这与我们的灵魂配合默契的竖琴
会在我们的内心深处高唱,永远

---

[*] 此诗可能作于一八三〇年后。——原编者注

充满了歌声,除非时而断了一根琴弦,
沉默中把一个空白留在我们的手指下面?

啊,可怜而天真的孩子!当严冬害得燕子
在它那钟楼的颓垣断壁间灰心丧气的时候,
假如你开口向它要它翅膀上被风暴夺走
或被坐山雕撒下的羽毛,它会说什么呢?

它会说:"请向云朵,向浪花,
向有刺的小树,向荒漠,向路上的荆棘要吧,
我的羽毛已掉落在天空所有的风中,
如今我只有靠你的手才能暖和一下!"

我的心也一样回答你,啊,温柔而陌生的少女,
不过一旦你的气息吹到我的头发中来,
尽管我的鬓角无遮无盖,
我依然会久久感到二十岁时的热血涌向我的脑海。

致维里厄伯爵先生＊

——写在一八三八年①于那不勒斯谢世的
共同友人维涅男爵仙逝之后

让我们互相爱护吧！我们的队伍正变得稀疏，
每时每刻都带走一番深情；
愿我们可怜的灵魂团结起来，
更亲密地互相靠紧！

让我们互相爱护吧！我们的河水正在降低；
我们的年华
所形成的这友谊之杯，
边缘已经空了一半！

＊ 此诗系在一八三七年八月二十日作于圣普安。——原编者注
① 据史实，应为一八三七年七月十五日。

让我们互相爱护吧！我们美好的夜幕正在降临；
两个人中领头
躺入坟墓长眠的人
将害得另一个人没有朋友！

啊,那不勒斯！在你亲爱的海岸上,
他呀,他已经闭起双眼；
好像在旅行的第二天那样,
他把自己的床铺在大海边!

他的灵魂,啊,悦耳的赞美歌,
他那任天使引吭高歌的魂灵
从自己的坟墓听见
这使我们喜出望外的大海的乐音。

无论因过于渴望无限,
过于急切地奔向死亡,
只要上帝不把酒杯斟满,
任何酒杯对他都显得空荡荡,

或者命运早在他的孩提时代
就害得他喝下某滴辛酸的胆汁,他的思想
都向往着天国,
宛如长着黑羽毛的天鹅一样!

他诞生在阴郁的岁月里,
在朝西的山谷中间,①
那里,浓荫如盖的高山
弯下腰去洒下一片黑暗。

萨瓦②那飒飒作响的树林
在他的头上曾经
摇动它们的低语、他可怜的欢乐
与它们树干的黑影。

犹如那些繁殖
在阿尔卑斯山上的雄伟壮丽的树林
从顶上迎来黎明,

---

① 一七八九年,维涅生于尚贝里。
② 萨瓦,法国东南部地区名。

脚下却笼罩着一片阴影,

他那忧郁凄切的灵魂,
对这卑贱的居住地来说过于高贵,
把其余的一切都留在阴影中,
只从天空迎接太阳的光辉!

他喜欢它们忧悒的黑暗
与无言的冥想,
他喜欢它们凄凉的夜间
松树那粗粝刺耳而低沉的回响。

他赞赏秋天那灰蒙蒙的黄昏,
那被风驱散的雾,
那叶片纷纷向他的脚下
飘落的单调的杨树。

他漫不经心的足迹
寻找着他故园那冷清清的湖滨,
他悲哀的沉思
从它们的和弦中发现自己的声音。

然后，仿佛海滩的波涛
收回它卷来的一切，
他的轻蔑抹去
那显示出他的才华的一页！

永远漂泊而孤独，
透过死亡观察一切，
他在大地上踯躅，
犹如在岸边蹀躞。

大地好像听见他的足音，
啊，我的上帝！请接受这悲哀
而温情的在黄昏前感到疲倦的灵魂，
这灵魂早就那么热切地希望坐下来！

啊，苦难的灵魂，生命从你们的怀抱里消逝，
宛如从一只有裂缝的瓶中流失，
你们仅仅留住
流亡者的苦酒的渣滓。

啊,我们,最后的分别的缺席者,
他曾同情我们却终于避开,
我们本身多么大的部分
已经和他一起被掩埋!

啊,我们多少最美好的光阴,
多少次亲切的握手,多少次
在我们家中的会见,
多少消失在路上的足迹!

啊,我们多少以目光
交流的无声的思想,
多少灵魂被托付给灵魂,
多少沉思被遗忘!

啊,在人生的锦瑟年华里,
多少梦联翩而至!
过路人走在他墓地上的脚
和时光一起从他的坟茔上匆匆消失!

我们就这样像一片片落叶般凋零,
我们的小树枝盖满山间小径,

当那接我们的手伸来时，
我们之中有谁能一直免于殒命？

我们的灵魂的这些同时代人，
我们往日紧紧拉住的这些手，这些兄弟，
这些朋友，这些女子，
会在半路上把我们抛弃。

当初一路上开始时有那么多歌喉
参加的这欢乐的合唱曲，
如今侧耳细听的时候，
每次都有一个声音逝去。

每天格外微弱、格外悲伤的颂歌
重又开始引起注意，
唉！每隔一段距离
就有一颗心的跳动归于停息。

因而，在我们曾经从围墙边
去以儿童嗓音的呼喊
唤醒过无数
回声的邻近的森林间，

如果妒忌树顶的人
把斧头吹向树干脚下的话,
从他所滥伐的每一棵橡树上
就都有一个呼声随着树的头颅落下。

如今还剩下一两棵,
我们回到树林附近
了解那发出呼声的残片
是否还在继续传来我们的声音。

树丛中逐渐消失的回声
几乎没有向我们发出
最后一声呼唤,铁石心肠的伐木者
把它消灭在最后的隐藏处。

别了,我们儿童时代的声音!
别了,我们青年时代的幽灵!
人生原是只听见心
在不断呼唤的忧郁的宁静!

题卢梭在幽静乡间的故居*

这个时代依然因回忆你而激动不已,
啊,卢梭,你为什么在离你的湖这么远的地方安息?
也许是骚乱、厄运与荣誉的深渊
使你的坟墓与你的摇篮分离?

你的命运沿着哪些崎岖不平的山间小路
把你从这阴凉而僻静的地方引向夏尔梅特①的山坡?
唉!世界就这样把它所有的诗人
从他们安宁的摇篮拉向他们喧闹的坟墓。

---

* 此诗最初发表在一八三六年十一月十六日的《索恩-卢瓦尔日报》上。——原编者注
① 夏尔梅特,法国东南部萨瓦地区小村庄,近尚贝里,因卢梭曾在此寄寓于华伦夫人家而闻名。

啊,圣普安的森林!啊!请更妥善地藏起我的骨灰!
在我幽暗的山谷那故乡的橡树的浓荫里,
但愿我生命的回声平静而又温柔,
啊!一颗心就足以妥善地藏起一个名字。

一八三五年六月七日
于卢梭在幽静乡间的故居

致影集中一朵干枯的花*

我记得,那是在海滩上,
正午的天空,没有乌云
也没有雷雨的天空
吸引着我,我从叶丛中
吸入和风的清芬。

任何岸都阻止不了的大海
把碧波扩展到天涯;
一阵阵香气从草地上飘来;
橘树,这欢乐之树,
从我的头上时而落下白花。

---

* 此诗题献给德·拉格朗日夫人。——原编者注

你当初在被流年
所压垮的神殿的一根圆柱旁生存；
你给它做了一顶花冠，
你以你飘动的花帽头
装饰着它那单调的柱身；

啊，装点废墟的花，
居然没有一道目光来赞美你！
我摘下你白色的雄蕊，
从我的胸前带走你的芳菲，
为的是吸那一阵阵香气。

如今，那天空，那神殿，那海滩，
一切都一去不复返；
你的芬芳却飘在云间，
翻这一页的时候，我发现
那磨灭了足迹的美好的一天！

一八二七年

费拉拉*

无论你是人还是上帝,任何天才都受尽折磨:
以后你总亲吻刑具;
人往往崇拜那害得牺牲品死去的十字架①
并把塔索囚室的水泥藏到盒里去。

啊,罗马的加利利②——塔索在这里的囚室,
西德尼③的断头台,柴堆④,十字架或墓地,

---

* 据拉马丁夫人与瓦朗蒂娜的抄本,此诗在一八四四年十月作于费拉拉。——原编者注
① 此系古代处死刑的刑具。
② 加利利,犹太教徒对耶稣的称呼。
③ 西德尼(1622—1683),英国辉格党政治家,历来被辉格党奉为伟大的共和主义烈士,系十六世纪诗人菲利普·西德尼的后代。一六八三年六月二十六日,作为计划杀害查理二世和约克公爵詹姆斯的同谋犯被捕后斩首。
④ 此处系指古代烧死犯人或烧毁禁书用的柴堆。

啊！对那种希望上帝照耀他却又恨上帝的火炬的人，
你们赋予了极度蔑视的权利！

啊，弱者中的强者，奴隶中的自由人，
假如天才死去，他实在是付出了应付的代价，
因为我们在城市的大门口
到处竖起这些真理与荣誉的绞刑架。

让这命运再磨炼我们吧，它决不能使我们萎靡不振！
我们得知道这礼物的价值，并伸出我们的手。
我们的泪水与热血就是上帝让我们
在人类面前举起的明灯的油！

一八四四年
离开塔索[1]囚室时即兴赋成

---

[1] 塔索(1544—1595)，意大利文艺复兴后期最伟大的诗人。一五七一年成为费拉拉公爵的廷臣，积极从事诗歌创作。一五七五年完成史诗《被解放的耶路撒冷》，次年因精神失常突然从费拉拉出走，后被关在圣安娜医院达七年之久(1579—1586)。

致一个孩子,诗人的女儿*

啊,塞勒斯特,诗人的女儿,
人生就是一曲二声部颂歌。
人生的容颜反映在你的脸上,
人生的竖琴在你的手指下吟哦。

当人生向你的眼睛上
留下平静而又不因微颤出声的一吻,
在你粉红而白的眼皮上
这甜蜜的亲吻正发出更动人的乐声。

当人生为了让嫉妒的天堂看到你,
从怀里稍稍把你托起,

---

* 据手稿,此诗作于一八四〇年。——原编者注

我仿佛看见人生在双膝上
把最神圣的梦抚摸不已!

当人生的手指允许你朗诵
它刚刚如怨如诉地吟咏的诗篇,
你仿佛在歌颂人生的竖琴的灵魂,
这竖琴俯下身去让人生获得灵感。

人生在朗诵;泪珠
在你凝视着它的眼睛里闪闪发光。
人生的心沉浸在女儿的这片泪花里,
人生的荣誉发出了光芒!

人生那激动的心
两度陶醉于你的嘴重复唱出的歌声。
啊,塞勒斯特,诗人的女儿,
一曲二声部颂歌就是人生。

一八三一年

花[*]

啊,土地,微贱的污泥堆,
你长出多刺的花丛来,
让我们感谢上帝吧,正是他
从你的怀抱中摇落这片鲜艳的色彩!

没有这些让天国把力量
一点一滴地还给我们的足迹的骨灰瓮,
一切也许就会显得荒凉,
通向天堂的道路也许就会告终。

我们也许会说:何必继续

---

* 此诗在一八四三(或一八四五)年三月二十七日作于巴黎。——原编者注

走这条通向死亡的小路?
既然我们徒然地活得这么累,
倒不如就在门口停步。

然而,为了替我们遮住距离,
你却把希望的泥土
撒满我们痛苦的道路,
犹如人们让鲜花围住裹尸布!

可你呀,我的心,忧郁而温柔的心,
你往日总是传出
那么清脆的歌声;如今你却仅仅成了一堆灰,
被又黑又冷的煤盖住。

啊!让这季末的微光
再度闪耀吧!那突然
消失的夏季的黄昏
在天边留下绯红的一片。

是的,你就在燃烧中熄灭吧,我的灵魂,
在你幻想的柴堆上,

好像熄掉火焰的星辰
把自己深藏在光芒中一样!

长春花*

啊,羞怯的长春花,苍白的花,
我知道你开花的地方,我知道
那让你低下头去
沾湿你干枯的眼睛的一片芳草!

正是在一条隐藏
在两边的榛树下的小路上,
白色的犬蔷薇的雪花
向着它引出斑点的树荫纷纷扬扬。

树荫为你蒙上面纱,青草一滴一滴地流出
我们的夏夜的珍珠,

---

* 此诗的写作日期待考。

阳光又从你香喷喷的杯中
一滴一滴地把它们化为虚无。

一条清泉就在附近闪烁，
黑色的乌鸫畅饮着泉水，它发出歌声，
我却坠入沉思，
常常从黎明直到黄昏。

花呀，当你的眼睛向我显示出
我心爱的人的眼睛，
假如你记住我闭着双唇所倾诉的一切，
你就会向她倾吐衷情！

向格拉齐拉告别*

别了！这句话浸透了唇边的泪珠，
这句话斩断了爱情，结束了欢愉；
永别凭这句话使我们失去欢乐；
有朝一日永恒也许会把这句话抹去！

别了！……在我的生涯中，在离开
我所爱的人们之际，我常说这句话，但并不理解
当情人说"就回来！"而上帝却说"永远别回来！"时
你所忍住的辛酸与悲哀。

但如今我感到自己说出口来

---

* 此诗可能作于一八四九年前不久，诗末所署日期为"一八三一年"，恐有误。——原编者注

这句话却包含了一切,因为它充满了对你的思慕;
这句话坠入深渊,对它的回答
却只是我与一个倩影之间永久的沉默!……

然而我的心随着每一次呼吸
又说出这句在中途被低沉的呜咽
一再打断的话,好像大自然所充满的所有声音,
唉!唯一的意义就是郑重的告别!

一八三一年

向伊斯基亚岛致敬 *

走上沙滩,吸入微风
给异邦人带来的香味,
感到被风的气息吹起的鲜花
从橘树顶纷纷落在你的头上,可真令人陶醉。

把一只因波涛的流动而疲乏的沉重的脚
搁在静止的沙上,看见岛上那些妇女
与金发儿童从他们鲜花初放的葡萄棚下
向你摆开金黄色的水果,可真令人欢愉。

这天堂的语言,什么都磨灭不了它的光辉,

---

* 据手稿,此诗在一八四四年九月六日作于伊斯基亚,诗末所署"一八四二年",恐有误。——原编者注

它在梦中使你回想起童年时代，
它的每一个音节都是一段珍贵的记忆，
兴致盎然地倾听它，可真令人愉快。

在引得君主来临的海滩上，
听见礼炮在堡垒侧堤齐鸣，
海岸突然响起君主足音的回声，向君主名字
致敬的隆隆声响彻云霄，可真令人欢欣。

但岸边向你致敬的所有这些轰鸣中，
在大地或大海上没有什么比向诗人
背诵他诗篇里的副歌的一位陌生姑娘
那柔和的声音更温存。①

这个声音将比战争中的大炮
或祭台上的管风琴更长久地唤醒他极度的兴奋。
只是当这颗心变成他一个世纪的诗兴，
这回声就称为荣誉，并走向永恒。

一八四二年

---

① 抵达伊斯基亚港时，作者听见一位少女在背诵他的一节诗句。

咏雪下的玫瑰花*

当一切都已在我们的地区瑟瑟发抖或受尽摧残,
啊,上帝,你为什么竟让这些苍白的玫瑰花开放?
唉!你们的开放可不提早了半年?
啊,可怜的花,合上吧!眼下正是白霜!

不,重新开花吧!就这样在我们的心里
按照上帝的意旨重新聚合起幸福与泪珠:
和这些冰块靠得这么近,这些鲜花就显出更大的
　魅力,
和这些鲜花靠得这么近,严冬就显得更加麻木。

一八四七年于蒙索

---

* 据手稿,此诗在一八四五年某月二十六日作于巴黎。——原编者注

《文学通俗教程》所收诗篇

1856—1866

葡萄园和家 *

灵魂颂诗的声调

我的灵魂和我之间的对话

我

怎样的重担压得你难以忍受？啊，我的灵魂！
这重担因烦恼而转到岁月那古老的床上，
像个压得孕妇的腹部受不住的痛苦的胎儿，
急于出生，生下来又哭哭啼啼！
夜幕降临了，啊，我的灵魂！还有点儿醒！
这一轮太阳的西沉就意味着另一轮太阳的东升。
请看你的监狱怎样和你的感觉一起倒塌！

---

* 此诗作于一八五六年十月，次年三月编入《教程》。——原编者注

请看飞帝的绒毛

在芦苇微微颤动的池塘边上

怎样一根一根地被早秋最初的西风吹走!

请看我头上的花冠多么脆弱!

请看在瓦上筑了巢的那只鸟

怎样跟随着我们,

要把我们这像那坐在家门口的老大娘

所纺的羊毛一样的苍苍白发夺到它那寒冷的窝里去!

我的青春正退向逐渐消失的远方,

我这变冷的血液正缓慢地循环,

这棵树正丢下绿叶,就要结果:

请不要催促这由另一只手指计算的岁月,

最好是赞美这在傍晚的喧闹声

与夜间的宁静之间安排一片暮色的上帝!

我曾以一片歌声迎接你的诞生,

我曾随着节日的欢唱与希望的歌声

在这新生活中把你唤醒,

我曾让琴弦唱出你内心的每一首悲歌,

难道你要我给我沉睡的竖琴换上新弦,

像坐在彻夜不眠的扫罗①旁边的大卫②一样,
　　再唱下去,让你昏昏入睡?

灵　魂

不！自从光阴在这里单单把我忘掉,
这世界在我看来就像一位哀悼
她丧服下的儿孙的祖母一样衰老。
我只爱漫长的岁月中那走向黑暗的时刻,
我只听神甫领着灵柩
含泪唱出的那几段悲伤的歌。

我

然而正在降临的暮色自有末日给予一切,
给予幸福犹如给予苦难的平静的颓丧;
裹尸布本身对埋葬了的心依然温柔:
让眼睛流尽最后的泪水,

---

① 扫罗,活动时期在公元前十一世纪,古以色列第一代国王。
② 大卫,活动时期在公元前十一世纪到前九六二年,古以色列第二代国王。

灵魂从绝望中发现悲伤的魅力，
失去的幸福从遗忘中得到补偿。

这个时刻给我们的感觉留下美妙的印象，
犹如走在青苔上的无声的脚步；
这是告别的亲吻那苦涩的甜蜜。
水晶般的格外澄清的天空显得透明，
朦胧的话语那隐隐约约的碧波
  与蔚蓝色的天空打成一片。

不知万物这时沉浸在远处什么地方，
耳朵像目光一样专注于这个时刻，
我听见最轻微的声音从天空中掠过；
这是倾斜的小树枝上鸟儿的脚步
或摆脱树枝、因重负
  而掉在地上的果子的坠落。

迎着寒冷的晨曦那最初的微光，
我看见有些游丝在飘荡，纺纱女般的蜘蛛
在果园的树丛间正是用这些游丝结成了网：
啊，轻雾依然沾湿的空中的白羊毛，

你步着我们的后尘,就像纱
　　拖在纺纱杆上的纺锤后面一样。

在迷惑人的秋天那暂时的温存中,
斜光里只见许许多多小飞虫,
准备因一阵风在最初的战栗中死去;
在麻木的蜂群那冷落的门口,
有只出门行乞、姗姗来迟的蜜蜂
满载着蜜归入它那温暖的牢房。

来吧,请认出曾目睹你的生活焕然一新的地方,
啊,可怜的孤独的灵魂,请告诉我,难道你
再也没有兴致在这里翻动那流逝的岁月的灰烬?
再也没有兴致再见到你的小灌木与你空荡荡的旧居,
犹如这有翅膀的昆虫再见到自己的蛹壳,
　　再见到昔日它的躯体的垃圾?

我呀,忧郁的天性把我带回到这里来:
除了时光流逝之外,一点也没有变化;
任我们纵目四望的地方,
除了居住者之外,什么都没有离去。

请从内心深处跟随我
向正午微热的山坡上再看一看
这曾经哺育过我们的葡萄园
正在被晒温的岩石上蔓延。

请凝视这座被我们的脚步
磨损了门槛的石屋：
请看它披着常春藤
犹如穿着丧服。

请听听葡萄收获季节
从邻近的压榨工场发出的叫喊声，
请看看通往被葡萄的血所染红的谷仓
这岩石嶙峋的小路。

请细看这倒塌的房屋脚下：
这就是干枯了的无花果树旁边，
缠绕在出现缺口的墙角上，
富有生命力的葡萄枝蔓！

冬天使它粗糙的树皮发黑，
在被虫蛀的长椅四周，
它让自己畸形的枝蔓
扭曲得像被敲打过的铁蛇一般。

从前，它那无数的藤蔓
缠绕在井的周围，
父亲与母亲享受着它的绿荫，
儿女与群鸟纷纷咬着它的果实。

它攀缘而上，直到窗口，
弯成圆形，化为窗拱；
它依然好像认出我们，
就如一条守护摇篮的狗。

在这曾目睹它那鲜红的葡萄
红起来的小径的青苔上，
一簇冷若冰霜的叶丛
依然为我们遮住阳光。

斑鸫，十一月里活跃的拾穗者，

在戴着孝的成串花序上
已经忘记我们儿时曾以贪婪的目光
注视过的这些美丽的琥珀色的麦粒。

黄昏的余晖透入
这宛如东方的大理石雕刻物似的花序,
花序洒下的金黄色的糖
像晶莹的泪珠一般挂下来。

在这眷恋着你的葡萄枝蔓下,
啊,我的灵魂!难道你不感到,
虽然有分离与死亡,
但你终于重又发现了你自己?

这葡萄枝蔓难道没有给你带来
一位老乳母在那曾目睹我们
牙牙学语的壁炉中
所燃起的温煦而使人暖和的炭火一般的乐趣?

或者当羔羊已经感到
从自己浓密的羊毛中又长出暖和的羊毛

却去安慰这曾被不适时地剪去
羊毛的羔羊所留下的那种印象?

灵　魂

这山丘,这房屋,这干旱的葡萄园对我有什么意义?
假如天宇是一片空虚,这天宇对我又会有什么价值?
我从这里看见的仅仅是不再存在的一切!
为什么你把我的哀愁又带回到它们的踪迹上去?
回想起失去踪影的幸福的地方,
这就意味着重新打开灵柩再看看死亡!

1

墙显得灰暗,瓦显得枯黄,
冬天冻得水泥纷纷剥落;
裂开的石头上的苔藓
给潮湿的屋脊披上了绿装;
那永远也擦不干的檐槽,
犹如满是烟炱的地沟,
任多雨的天空滴下水珠,

在空荡荡的房屋上
划出寡妇眼睛下面
总少不了的泪流不止的这些黑色的条痕；
让蜘蛛结了网的门，
再也听不到亲切的欢迎，
始终一动不动，遭人冷落，
在门槛上再也不转动；
被麻雀弄脏了的百叶窗，
脱离了生满铁锈的铰链，
昼夜不停地拍打着花岗岩；
被冰雹打碎的彩画玻璃
为老燕子飞向它们的窝
开出一条自由的通路！

在盖满飘动的绒毛的石板上
燕子的呢喃声
在这些笼罩着岁月的寂静的房间里
成了唯一的声音。
一片越来越浓的阴影
从孤独的住所
落在草坪上：

这躺在地上像死一般的影子
就是这座住宅
整天所显出的唯一景物!

2

当这座房屋像所有那些在它的屋顶下
跳动的喜悦的心之中的一颗高贵的铁石般的心一样
颤动的时候,啊,上帝!请从我眼前抹去这所住宅,
或者为我把它恢复到从前的原状。

昔日当露水在阳光下蒸发的时候,
所有那些关闭的百叶窗迎着太阳的温暖纷纷打开,
让我们那鲜花盛开的葡萄园里夜间的芳香
随着那温和的晨曦飘到窗里来。

那些墙看上去就像一个人一样
吸着喜悦的葡萄藤那青春的气息;
透过住在家里的孩子们那一张张清秀的脸庞,
从每一个窗口,生活都显露出欢乐。

少女们那金黄色的头发被山风吹乱,
她们把双手举过眼睛,
发出一阵阵欢呼,引起群山的回声,
或者把虔诚的手指交叉在开始隆起的胸脯上。

母亲一听到那些甜美的声音就起了床,
向那些高低不等的头依次弯下腰去,
犹如幸福的母鸡把自己的一窝雏鸡召集在一起那样,
教他们说赞美阳光的话语。

当天花板上依然在庇护儿女的燕子
迎着前来唤醒它的夏日的曙光
教它那没有羽毛的孩子们牙牙学语的时候,
从喧哗不已的巢里发出更少的结结巴巴的说话声。

那因黎明而复活的炉火的喧闹声,
那木梯级上仆人们的足音,
那看见主人出来的狗的叫声,
那迫使自己发出呜咽声的乞丐的呻吟,

随着阳光纷纷传来;在这期间,

从十五个年头一直复习着自己的功课的手指下,
那些键盘像收获时节
令人感到耳鸣的蝉一样鸣响!

3

然后,从一个生命中,唉!从一个歌喉中,
那些声音年复一年地降低,
被封在阴处的一扇披着孝服的窗户
在屋顶的边缘下紧闭。

一个春天又一个春天,美丽的未婚妻①
纷纷跟随着亲爱的追求者,
在门口接受泪流满面的母亲的拥抱,
亲吻着她们的姐妹告别而去。

然后,有个早晨,祖父②缓缓移动的灵柩
出门前往那引得人们痛哭流涕的坟地,

---

① 指拉马丁的姐妹们。
② 可能指拉马丁的大伯,族长。

然后又一具,接着又是两具①,一位郁郁寡欢的老人②
后来竟孤单单地留在家里!

后来,这个家竟沿着岁月日复一日地堆成的斜坡
迅速地滑了下去;
后来,大门竟向着一片空虚永远地关了起来,
荨麻竟蔓延到庭院!……

4

…………
啊,家庭!啊,奥秘!啊,大自然的心!
这里,扩大到每个人的爱
因关心摇篮而在家中变得更亲密,
啊,从永远热气腾腾
而又源源不断地在心灵间奔跑
并分出永久的溪流的世界动脉中取来的血滴!

---

① 指拉马丁的母亲和两个姐妹。
② 指拉马丁骑士,诗人的父亲。

啊,母腹的温暖,上帝让我们从那儿来到人间,
当冬天的寒风向着干涸的河床呼啸不已,
母亲又用襁褓包裹着我们;
啊,我们久违的女性的乳汁的余味,
这乳汁甚至在枯竭时都使我们的嘴唇充满香气;
啊,因爱而变得柔软的双臂的搂抱!

啊,从女子眼睛里看见的天空的第一道光芒,
引得我们的灵魂燃烧起来的灵魂的第一团炉火,
在心中引起反响的亲吻的第一阵声音!
啊,离别,归来,奔向遥远的地方的起程,
啊,心灵的火炉中的记忆,
你在陷入沉思的夜间回到了与世长辞者的世界!
…………
啊!但愿每一个后裔都诅咒
那居然亵渎你的失去理智的人!
啊,博学的人群中的沉思者,
但愿他拥抱的不是他的母亲,
而是他那没有心,没有奶,也没有盐,
冷静而淡泊的幻想!

啊,自愿背井离乡的人,
但愿他从这个世界上白白地寻找
一位和颜悦色的父亲;
但愿每一个家庭都对他无动于衷,
但愿他永远地漂泊不定,
却没有一个地方向他发出一声呼喊!

啊,羡慕家庭的田地的人,
且任他像那抢劫
靠着墙的简陋的蜂笼的大胡蜂一样,
诅咒这为了增加成熟的果实
而给根
以土地的神圣的法则!

且任他在墓园的草地上,
无动于衷地踏着那些石头,
却不知道向哪一块石头祈祷!
且任他听到叫他的名字做出反应,
却不知道他是一位堂堂男子的后裔
还是一个杀人犯的儿子!……

5

啊,上帝!给心灵比给智慧以更好的启示的上帝!
请在由喜悦与眼泪构成的我们的周围
把这缩小了的人群再收紧些吧,在这人群里
我们从热血中感觉到你天意的热情;

在这人群里,在紧闭的大门内,
圣洁的爱情
所产生的一群小孩
从母亲的乳汁
转向父亲和入
白天的汗水的美味可口的面包;

在这人群里,亲属们那一张张俊俏的脸,
俯向炉膛,俯向缝衣针,
伴着他们虔诚的黄昏直到深夜:
啊,夜晚!啊,美妙的晚上,
你催人泪下的图景
浮现在我们双眼的泪水中!

是的,无论男女,我都再见到了你们,啊,亡灵!
啊,聚集在窗前与门口的亲爱的人群!
向你们伸出双臂,我觉得又抓住了你们,
就好像我感到在水中拥抱一些脸,
骗人的镜子反映出这些脸的形象,
却又使想望中的双唇上的亲吻显得冰冷。

留下记忆的你啊,难道为的是让我忘却?……
不,那是为了把我所有的岁月还给最后的时刻,
为了让过去与未来这生命的两半
在那里汇合在唯一的水流里,
那一半表示曾经,另一半表示永远。
那过去,那产生了我们的灵魂的美妙的伊甸园,
难道不是我们的来生的一部分?
光阴终止的地方难道一切都不存在?
在那将要容纳我们的灵魂的永恒的深处,
难道我们不将与我们往日所爱的所有人
  在不再有缺席者的家中重聚?

你筑成这些充满温存的窝,
让人间的这群孩子因抚爱而热情洋溢,

  难道是为了把安乐窝变成灵枢?
在你无数的星球的一面
你难道没有一个向阳的山坡、一个背阴的山谷
  来重新建造那美好的门槛?

那里,天性使一颗心与所爱的心紧贴在一起,
那里,茅屋顶与瓦片掩蔽着整个一大群人,
那里,父亲在管理,母亲在爱与祈祷,
那里,祖母因看见自己的心
在孙儿中繁衍而喜悦,那里也不大,也不美,
  但是老样子,但是一回事!

啊,上帝!你允许那些可怜的燕子
飞往别的地方暂避那霜冻的季节,
难道你竟没有也为你没有翅膀的孩子们
在你神圣的地方准备下另一片房屋?
啊,温和的上帝!啊,千家万户的母亲,
这么多儿女挤满了你的大家庭,
你在中间带着微笑看他们流泪,
苍天的心啊,别忘了世界可是你的女儿,
  人类可是上帝的亲戚!

我

当灵魂在这个季节里
忘记了如此短暂的时间,
亲爱的家的影子
在寒冷的草地上渐渐伸展;
然而对青苔上
这影子的忧郁而美好的印象
使我不再为家而独自悲伤:
我觉得,天使的一只手
从我的摇篮上拿起襁褓
要为我把它变成神圣的裹尸布!

夜　莺[*]

啊,不睡觉的可怜的鸟,
你向月亮究竟倾吐什么衷情?
请结束你这使人腻烦的牢骚;
静下来吧,或者请更加轻声地呻吟。

你明明看见月亮既不听瀑布
喧哗,也不听你啰唆,
你明明看见月亮继续赶路,
并不回答你;可是我,

我却在窗前陷入遐想,
注意你温柔的声音,

---

[*] 此诗大概作于一八〇六或一八〇七年夏。——原编者注

趁此时一切都坠入梦乡,
我的灵魂竟飞出窗外,潜去踪影。

啊！但愿我长出你的翅膀,
啊,我亲爱的小鸟!
我清楚地知道你在什么地方
呼唤我,但请看这栅栏的铁条!……

我相信,我离去的姐妹们
在那儿曾向你透露她们的秘密,
你唱出的歌声
因哀悼她们而悲伤不已。

啊！黑夜的灰色的使者,
请把她们的消息告诉我;
春天里,从粉红色的犬蔷薇下,
她们可曾发现你的窝?

当看见你那满怀着焦虑与忧愁
伏在自己蛋上的雌鸟,
她们可曾歪起头,

纷纷快乐地喊叫?……

她们可曾等待
你的雏鸟孵出的时刻,
紧靠着我们的住宅,
来享受你的呜咽?

请告诉我,你是否看见
她们全都像往昔
一样在任你畅饮从青天
落下的露珠的草地上嬉戏。

请告诉我,埃及无花果是否
长出春天的叶丛,
我的母亲是否依旧
来到那里照管她那可爱的儿童;

她对他们的呼唤,
语调是否同样温存;
那最小的女儿在她的双膝间
是否传出费力的读书声;

她的竖琴在大厅里
是否引得家中的玻璃窗
像蝉那样一直
齐奏般地叮当作响;

让你在早晨之前低下
头去饮水的清泉
是否向那盆长春花
发出清越的呜咽似的呼唤;

我的母亲倾听着这片泉声,
是否由于忍不住
眼泪而让一颗夺眶而出的泪珠流向那纷纷
落在她的花上的雨珠;

我最亲爱的姐姐在俯瞰
小河的时候,
是否看见她弟弟的面影像梦一般
随着河水流走。

遗诗集

1873

歌*

我多么喜欢在我的花园里
看见一朵初开的玫瑰花羞得满面绯红,
并在她那早晨的娇艳中
向我呈现出她鲜红而华丽的服饰!
啊,我的朋友,不瞒你们说,
我这美丽而纯朴的埃莱奥诺
当她端庄的容颜羞得绯红的时候,
总使我爱得格外长久。

脸红是保护
她的纯洁无瑕,显示
她的腼腆或爱慕,

---

* 此诗作于一八〇八年十一月十二日前数日。——原编者注

有时给人以希望的一种可爱的迂回战术,
请以优雅的态度向她再说一遍吧:
她实在太可爱,太文静,
她红着脸回答。
她难道还得再说下去吗?

假如我有时希望以温柔的手抚扪
她的胸脯,她就脸红。
机灵的儿童
感到她格外动人。
假如我对她说:"美人儿啊,今儿晚上见吧,"
我就看见她脸儿绯红,露出微笑。
这时我满怀着希望离开了她,
她不敢说的话等等,我都已明了。

一八〇八年十一月十二日

我又拿起你,啊,忠诚的竖琴 *

我又拿起你,啊,忠诚的竖琴,
啊,竖琴,我最初的情人;
假如我有几天忘记了你,
痛苦就唤起我对你的记忆。
唉!你歌唱过的,至今
只是快乐与狂热的爱情,
只是美人与杨花水性,
只是人们所忘却的那些忧愁。
但一切都结束了!啊,可爱的女友,
请放弃你这淘气的欢愉:
你悲伤的主人已失去

---

* 此诗原附于写给维里厄的一封信中,灵感来自在里昂所遇见的一个"美妙的对象"。——原编者注

天真无邪的平静。
请学会抱怨,学会叹息,
学会祈祷,学会不断地哭泣:
请以一个情人的可爱的名义,
像又一个情人一样学会战栗!

      一八〇九年三月三日

热爱荣誉*

唉！我们都不过是这样的过客而已，
我们的岁月不久就要流逝，
明天，我们的足迹
就从人们的家里消失！
灵魂高尚的自尊心
向阴郁的未来提出抗议，
这自尊心对未来的人们
仅仅要求记忆
作为最纯洁的美德的代价，
啊，灵魂的这种愿望是多么美呀！

一八〇九年九月一日

---

* 此诗原有十二节。一八〇九年九月一日，拉马丁将此节寄给维里厄。——原编者注

请想起我……*

请想起我,假如直到子夜时刻
你的心依然在长吁短叹,
请相信我,情人将听见
爱情所唤起的悲歌。

请想起我,当滚滚泪珠
因离别而从你的眼里往外流,
当你为了祈祷希望的保佑
而低下你虔诚的头颅;

或者假如某个见异思迁的梦

---

* 据拉马丁于一八一〇年三月二十八日自里昂写给吉夏尔的信,此诗系诗人在读了一位英国友人写给佛罗伦萨的未婚妻的情诗后立刻试译而成。——原编者注

勾起你一段甜蜜的回忆,
啊!假如爱情与欢乐从我的面影里
出现在你的心中!

一八一〇年三月二十八日

啊,我的灵魂*

让我们躲向这僻静的深处吧,我的灵魂,
让我们避开那背信弃义或居心叵测的人们,
让我们在这幽居的门口抖去
希望,抖去爱情,抖去欲念,抖去焦虑,
唉!抖去这盖满我们的双脚的灰尘!

这就是大自然
亲手创造的树林、悬岩与海滩!
只有激流才凿出这些道路!
只有浪花才靠上
人们的脚从来没有踏过的这片海岸?

---

* 此诗在一八二六年八月一日至二十二日间作于里窝那。——原编者注

在这里,请终于从你的内心深处寻求你的安宁!
你幸福的美梦真是转瞬即逝!
请永远把那些美梦远远地赶出这岸边!
除了这爱你的温柔的天空之外,什么也别再眷恋!
请仅仅向太阳要求你的华年!

大自然对受到伤害的心灵竟如此温和!
这人迹罕至的地方真是远离灾难的避风港!
平静已经回到我的心坎上,
我这不再遭到打击的生活
已经又恢复了因痛苦而一度中断的正常!

一八二六年八月

"蓝色花诗丛"总书目

(按作者出生年月先后排序)

你是黄昏的牧人	[古希腊]萨　福	罗　洛 译
致艾尔薇拉	[法]拉马丁	张秋红 译
城与海	[美]朗费罗	荒　芜 译
请你记住	[法]缪　塞	宗　璞 等译
这无穷尽的平原的沉寂	[法]魏尔伦	罗　洛 译
新月集·飞鸟集	[印度]泰戈尔	邹仲之 译
未走之路	[美]弗罗斯特	曹明伦 译
沙与沫	[黎巴嫩]纪伯伦	绿　原 译
荒　原	[英]T. S.艾略特	赵萝蕤 等译
小小的死亡之歌	[西班牙]洛尔迦	戴望舒 译
不要温顺地走进那个良宵	[英]狄兰·托马斯	海　岸 译

(待续)